旦那様は妻の私より
幼馴染の方が大切なようです

Character
登場人物紹介
セシリア
本作の主人公。婚約者であるラルフに嫁ぐが、何かにつけて幼馴染を優先する夫・ラルフに愛想をつかし離婚を決意する。
アイザック
セシリアの幼馴染で将来有望な宰相付きの若手事務官。一時期、セシリアと距離を置いていたようだが……？

ジェームス
ラルフ付の有能な執事。
侯爵家の財政がセシリアの
実家・サザーランド伯爵家に
依存していることを
唯一理解している。
マーサ
アンジェラを溺愛している
ガーランド侯爵家の女中頭。
嫁いできたセシリアを虐げる。
可愛いものに目がない。
アンジェラ
ラルフの幼馴染で
ガーランド侯爵家の居候。
本人曰く病弱で侯爵家の
使用人を味方につけている。
ラルフ
セシリアの夫で
ガーランド侯爵家当主。
同居する幼馴染・アンジェラ
ばかりを気にかけ、
セシリアを悩ませる。

目次

旦那様は妻の私より
幼馴染の方が大切なようです

第一章　嫁いだ先には旦那様の幼馴染が同居していました

「彼女はアンジェラ、私にとっては妹のようなものなんだ。妻となる君も、どうか彼女と仲良くしてほしい」

ラルフから彼の幼馴染を紹介されたのは、セシリアがガーランド侯爵家に嫁いできた当日のことだった。

ラルフの隣に座るふわふわした金髪の女性は、セシリアに向かって満面の笑みを向けてきた。

「初めまして、セシリアさん。貴方が嫁いできてくれて、私もとっても嬉しいわ。私は子供のころからこの屋敷に住んでいるから、分からないことがあったらなんでも聞いてちょうだいね」

「……初めまして、セシリアです。よろしくお願いいたします」

「あら、そんなに緊張しなくてもいいのよ。私たちきっと上手くやっていけると思うわ」

笑顔のアンジェラと、その隣で満足そうにうなずくラルフ。この状況はなんなのか。

セシリアは彼らの態度に言いようのない違和感を覚えながら、曖昧《あいまい》な笑みを浮かべるのが精いっぱいだった。

その後ラルフと二人きりになったとき、セシリアは小声で問いかけた。

「――あの、失礼ですがアンジェラさんはラルフ様のご親族の方ですか？」

「いや、母の友人の娘なんだ。アンジェラが六歳のときに彼女のご両親が亡くなったから、うちで引き取ることになったんだよ。それ以来、私とアンジェラはこの家で兄妹のように育ったんだ」

「そうですか。それでアンジェラさんは今後もずっとこちらにいらっしゃるんですか？」

「なんだ、君はアンジェラを邪魔にするつもりなのか？」

ラルフはいかにも不快そうにセシリアを見据えた。婚約時代に二人で顔を合わせていたときには、一度も見せなかった表情だ。

「いえ、そういうわけではありませんが、アンジェラさんはお義母様のご友人のお嬢様なんですよね？」

義母は結婚式が終わったら、義父と共に南の領地に居を移すことになっている。アンジェラが義母の縁者としてガーランド家に来たのなら、義母についていくのが筋ではないのか。

「母は一緒に南の領地に行こうと誘ったんだが、アンジェラはやっぱり住み慣れた屋敷から離れたくないと言ってね。私としても彼女がいるのはなにかと心強いし、君だって慣れない家でやっていくのに、アンジェラがいた方が安心だろう？」

「――はい」

笑顔で同意を求めるラルフに、セシリアは仕方なくうなずいた。

本音を言えば、安心なことなど何もなかった。

確かにセシリアはガーランド家に来たばかりだし、女主人としてやっていくにあたって不慣れなことも多いだろう。

しかし家政の取り仕切り方は実家で一通り学んでいるし、この家特有のしきたりについては執事や女中頭にでも聞けばよい。なにも同年代の女性に教えてもらう必要などないのである。

むしろ「旦那様の幼馴染」という、客人とも親族ともつかない微妙な存在がいる方が、よほどやりづらいのだが。

(仕方ないわ。嫁いで早々に旦那様と喧嘩したくないし)

これはきっと一時的な措置なのだ。自分が女主人として家政を立派に取り仕切って見せれば、アンジェラとていつまでも新婚夫婦の館に居座ることもないだろう。

セシリアはそう気持ちを切り替えて、結婚式に臨むことにした。

◇◇◇

結婚式の身支度というのは、やはり心躍《おど》るものである。

実家からついてきた侍女に手伝ってもらいながら湯あみをし、この日のために用意されたウェディングドレスを身にまとい、髪を結い上げ、化粧を施し、先祖から伝わるアクセサリーを身に着ける。

「お嬢様、本当にお美しゅうございます」

侍女メアリーの声に促されるように姿見を見れば、そこには純白の花嫁となった自分の姿が映っていた。

（いよいよ私はラルフ・ガーランドの妻となるのね）

そう考えると、セシリアの胸にラルフと出会ってから今日までのことがよみがえってきた。

ラルフとの婚約は家同士の政略によるもので、どちらかと言えばラルフの実家であるガーランド侯爵家に益がある話だった。

セシリアの実家であるサザーランド伯爵家は、やり手当主の父のもとで領内に次々と産業を興し、王国屈指の豊かさを誇っている。

一方ラルフの実家であるガーランド侯爵家は古くから続く名門だが、方々に借金をこさえて没落寸前と噂されていた。

そこで双方と付き合いがある公爵家が、サザーランド家の長女であるセシリアをガーランド家の嫡男であるラルフに嫁がせることで、サザーランド家からガーランド家に援助をしてやれないかと持ち掛けてきたのである。

その公爵が言うことには、「娘を名門侯爵家に嫁がせることができるのだから、サザーランド家にとっても悪い話ではないだろう」ということだったが、セシリアの父にしてみれば、勢いのあるサザーランド家との繋がりが欲しい名門貴族は他にもいるし、あえて貧乏侯爵家と親類になるメリットはさほどなかった。

「仲介したレナード公爵の顔を立てる形で一応顔合わせは行うが、お前が嫌なら別に断っても構わないからな」

顔合わせの前に、セシリアは父親からそんな風に言われていた。

しかし実際に会ってみたところ、ラルフは輝くような金髪と澄んだ青い瞳の美青年であり、柔らかな物腰や優しい声音に、セシリアはあっさり恋に落ちてしまったのである。

家柄を鼻にかけるようなところは微塵もなく、「君みたい魅力的な人が、うちに来てくれたらきっと素敵だろうな」と微笑みかけるラルフに、セシリアは夢見心地で婚約を承諾し、二人は晴れて婚約者同士となった。

その後何度かデートを重ねたが、ラルフはいつも優しく紳士的で、エスコートの仕方や話題の選び方、どれひとつとっても「この人とならば幸せな家庭を築けるだろう」と思わせるに十分なものだった。

またセシリアが嫁ぐに際して、義父はラルフに爵位を譲って義母ともども南の領地に引っ込むことを約束しており、義父母との付き合いという煩《わずら》わしさと無縁でいられることも、セシリアを安心させていた。

嫁いだあとは優しい旦那様と二人で力を合わせ、新たなガーランド家の歴史を築いていくのだとばかり思っていた。

それなのに——

(まさかあんな人がいるなんて……)

ラルフからアンジェラについてなに一つ聞かされていなかった。その事実がまたセシリアの不安を掻き立てる。

それでもここまで来てしまった以上、もはや後戻りする術《すべ》はない。

（大丈夫、きっと幸せになれるわ）

ラルフは自分を愛しているし、自分もラルフを愛している。だからきっと大丈夫だ。セシリアはそう思いたかった。

支度を終えたセシリアが控えの間に入ると、母が「まあセシリア、なんて美しいの」と感嘆の声を上げた。

「小さかったお前がこんなに大きくなるとはなぁ」

いつもは冷静な経営者である父も、目に涙を浮かべている。

「よく似合ってるぞセシリア」

「お姉様、すごくお綺麗です！」

兄のリチャードと妹のエミリアが口々にセシリアの花嫁姿を賞賛し、集まった親族たちも皆、目を細めて祝福の言葉を口にした。

その中に懐かしい姿を見出し、セシリアは驚きの声を上げた。

「いらしてくださったんですか、アイザック兄様」

「ああ、やはり来るべきだと思ってね。宰相閣下から特別休暇をもぎとってきたんだ」

叔父の次男であるアイザック・スタンレーは、王立大学を首席で卒業したあと、宰相の補佐官として王宮で働いている。国王からも目をかけられており、いずれ適当な領地と爵位を賜《たまわ》って、宰相の地位を継ぐのではないかと言われているほどの、大変優秀な人物だ。

今日の結婚式には一応招待していたが、普段から多忙を極めている彼のこと、おそらく欠席だろうと半ば諦めていたのである。

「ありがとうございます。アイザック兄様」

「……どうか幸せになってくれ。そうでないと、私も君のことを諦めきれないからね」

「まあアイザック兄様ったら、王宮に勤めるうちにそんな軽口をおっしゃるようになりましたのね」

セシリアが笑いながら言うと、アイザックはどこか切なげに微笑んだ。

セシリアが子供のころ、アイザックはよく一緒に遊んでくれる優しい兄のような存在だった。いや率直に言えば、実兄のリチャードよりもよほど兄らしかったとさえ言える。

リチャードがなにかにつけて「セシリアは探検についてくるなよ」「女はすぐ泣くから足手まといなんだ」などと意地悪なことを言うのに対し、アイザックはいつだって「僕はセシリアが一緒の方が楽しいと思うな」とセシリアの味方をしてくれた。

セシリアが恐ろしい野犬に囲まれたときはすぐに駆け付けて追い払ってくれたし、足をくじいて歩けないセシリアを負ぶって連れ帰ってくれたこともある。外を駆けまわるのが大好きなおてんば少女だったセシリアに、読書の楽しみを教えてくれたのもアイザックである。

しかしお互い年ごろになってからはなんとなく距離ができてしまい、あまり話すこともなくなった。たまに親族の集まりで顔を合わせても、アイザックはセシリアにはいつもよそよそしくて、艶《つや》めいた態度をとったことなど一度もない。

今のはちょっとした冗談のつもりなのだろう。

「だけど冗談でもそんな風におっしゃっていただけるのは嬉しいですわ。私は『もしかしてアイザック兄様に嫌われているのかも？』って、ちょっと心配していましたのよ」

「それはとんでもない誤解だよ。セシリア、私は——」

「やあセシリア、見違えるようだよ」

そこに花婿姿のラルフと彼の両親、そしてなぜかアンジェラまでもが彼と一緒に現れた。

ラルフに寄り添うアンジェラの姿に、セシリアは思わず息を呑《の》んだ。

アンジェラのドレスは純白で、ラルフの隣に並ぶとまるで彼女こそが今日の花嫁のようだった。

「とても綺麗だよ、セシリア」

花婿姿のラルフが微笑みながら賞賛の言葉を口にした。彼の隣には相変わらず純白の衣装をまとったアンジェラがべったり張り付いている。

「……ありがとうございます。ラルフ様も素敵です」

セシリアは隣のアンジェラに違和感を覚えつつも、笑顔を作って返答した。

「ごめんなさいね、白いドレスはやめるように伝えたのだけど」

横から義母が言い訳がましくささやいた。

セシリアがなんと返答したものかと迷っていると、先にアンジェラが口をとがらせて反論してきた。

「あら、だって今日はラルフの特別な日だもの。一番気に入っているドレスを着てお祝いしたかったのよ。小母様《おば》だって以前このドレスはとても似合っているとおっしゃっていたじゃない」

「それはそうだけど」

「まあいいじゃないか。なにもこんな日に揉めなくてもさ。セシリアだって別に気にしていないよ。そうだろ？」

ことをもなげに言うラルフに、セシリアは曖昧《あいまい》な微笑を返すより他になかった。

その後、皆で屋敷についている聖堂に移動し、いよいよ結婚式が始まった。

父と共にバージンロードを歩み、祭壇の前で夫となるラルフに託される。讃美歌と神父による祈祷、そして誓約。全ては手順通りなめらかに行われた。

「新郎ラルフ、あなたはセシリアを妻とし、病めるときも健やかなるときも、愛をもって互いに支えあうことを誓いますか？」

「誓います」

「新婦セシリア、あなたはラルフを夫とし、病めるときも健やかなるときも、愛をもって互いに支えあうことを誓いますか？」

「誓います」

そして指輪の交換が行われてから、ラルフの手によって、花嫁のベールがとりのけられる。

すぐ目の前にあるラルフの温かな微笑みに、セシリアは胸の高鳴りを覚えた。

婚約期間にデートを重ねていたものの、彼と口づけを交わすのは、これが初めてのことである。

ゆっくりとラルフの唇が近づいてくるのを、セシリアは目を閉じて待ち受けた。

ところが触れ合う直前になって、参列者の一角で悲鳴が上がった。

「アンジェラ様！　大丈夫ですか、アンジェラ様！」

その名を聞いた瞬間、ラルフはほとんど花嫁を突き飛ばすようにして、アンジェラのもとに駆け付けた。

倒れ伏しているアンジェラを、ラルフが両腕で抱き起こし、心配そうな声で呼びかけた。

「アンジェラ！　アンジェラ！　大丈夫か？」

対するアンジェラはうっすらと目を開けて、ただ「ラルフ……」とか細い声で名を呼んだ。

「どうしたんだ？　気分が悪いのか？」

「ええ、少し……」

「旦那様、アンジェラ様は体調を崩しておられるようです。すぐにお部屋にお連れしてください」

女性使用人の言葉に、ラルフは「分かった」とうなずいて、腕にアンジェラを抱いたまま、足早に聖堂を出ていった。先ほどの女性使用人があとに続き、残された者たちはただ顔を見合わせるよりほかになかった。

「……あの方はなにか持病でもおありなのですか？」

やがてセシリアの父がサザーランド一族を代表する形で、義父に向かって問いかけた。

「いえ、持病というほどのものではないのですが。アンジェラは昔から身体が弱くて、よくああして貧血を起こしているのです」

「そうですか。なにか重いご病気というわけではないのですね」

「はい。今までいろんな医者に診せたのですが、なにかこれといった原因があるわけではないようです。成長と共に丈夫になるだろうと言われていたのですが、どうもなかなか良くならんようで」

「ええ、そうなんですの。可哀そうな子なのです」

義母が横から言い添える。

「ところで花婿のガーランド君はどうしたんでしょう。まだ戻って来ないようですが」

従兄のアイザックがいぶかしげに口をはさんだ。

「え？　あの子はあのままアンジェラに付き添っているのだと思いますが」

「アンジェラ嬢に？」

「はい。なにしろ二人は兄妹同然に育ちましたからね。心配なのでしょう」

「そうですか。では我々は彼が戻ってくるまで、ここで待たねばならないということですね」

その言葉に、義父は一瞬虚を突かれたような表情を浮かべた。

「だって、もちろん結婚式を続けるのでしょう？」

アイザックが重ねて言うと、義父は「え、ええもちろんですとも。このまま続行しますよ」と焦ったように口にした。

生死をさまよう重病ならばいざ知らず、しょせんはただの貧血である。しかも相手は花婿の血縁ですらない居候《いそうろう》だ。両家が集まっての大切な式を中断するような事態ではないことが、ようやく理解できたのだろう。

「お前、ラルフを呼びにやりなさい」

義父が義母に向かって言った。

「え、でも」

「マーサが付き添っているんだからいいじゃないか。いつまでも皆さんをお待たせするわけにもいかんだろう」

「……分かりました」

やがて義母に連れられて、ラルフが聖堂に戻ってきた。

そして改めて誓いの儀式が行われたが、彼は心ここにあらずといった様子で、すぐ前にいるセシリアの姿が目に映っていないようだった。

その後、場所を中庭に移して披露宴が始まった。披露宴は立食形式のガーディパーティで、客たちは自由にテーブルの間を行き来しながら、歓談しつつ料理を楽しむ仕様になっている。

ラルフはしばらくの間セシリアと共に招待客の相手をしていたが、少し客が途切れたときにふいにセシリアに耳打ちした。

「ごめん、ちょっとだけ行ってくるよ」

「え？」

そしてラルフはセシリアに背を向けると、そそくさと館の方へと立ち去った。

（え、まさか私を置いて行ったの？　披露宴の最中に？）

一人残されたセシリアが呆然と立ちすくんでいると、後ろから「やあセシリア嬢、本当になんて美しい花嫁姿だろうね」と陽気な声が響いてきた。

振り向くとでっぷり太った男性がにこやかな笑みを浮かべて立っている。ジョージ・レナード——セシリアとラルフを仲立ちしたレナード公爵その人だ。

「ありがとうございます、レナード様。ラルフ様は今ちょっと席を外しておりますの」

セシリアがそう応じると、レナードは「ああもちろん、分かっているとも」としたり顔でうなずいた。

「ラルフ君はアンジェラ嬢の様子を見に行ったんだろう？　あの二人は昔から本当に仲が良いからね」

「……レナード様は、アンジェラさんのことを以前からご存じだったのですか？」

「そりゃあね。ガーランド家とは家族ぐるみの付き合いだし、アンジェラ嬢のことは昔から良く知ってるよ。アンジェラ嬢は子供のころから天使のように可愛くてね。ラルフ君はいつもぴったりあの子にくっついて、あれこれ世話を焼いていたもんさ」

「そうなのですか……」

「そうなのだよ。だけどあの二人はあくまでただの幼馴染だからね？　花嫁さんはアンジェラ嬢にやきもちを焼いちゃあいけないよ？」

「ええ。もちろん分かっておりますわ」

セシリアはなんとか笑顔を作って返答した。

ラルフはとても優しいから、体調を崩した幼馴染を放っておけなかった、それだけだ。

自分が嫉妬をしたり、不安に思ったりする理由など、ただの一つもありはしない。

セシリアはグラスを手に取ると、もやもやした思いを葡萄酒《ぶどうしゅ》と共に飲み込んだ。

披露宴が終わる直前になって、ラルフはようやく戻ってきた。そしてセシリアと共に客人たちを見送った。

「じゃあな。ラルフ、あとのことは頼んだぞ」

「はい。お任せください父上」

「ラルフ、セシリアさんと仲良くね」

「はい。もちろんです母上」

南の領地に向かう義父母に対し、ラルフは力強く請け合った。

和やかなガーランド家に対し、セシリアの親族は皆どこか気づかわしげな様子だった。

「それじゃあセシリア、元気でね」

「はい、お母様」

「お姉様、絶対お手紙ちょうだいね」

「ええ、絶対書くわ。エミリア、貴方も手紙を書いてね」

セシリアが皆と別れを惜しんでいると、従兄のアイザックが意を決したように口を開いた。

「セシリア、もし何か困ったことがあったらすぐに連絡をよこしてほしい。私は君のためならいつだって飛んでいくからね」

「まあ、ありがとうございます。アイザック兄様」

「そうだ、これを渡しておくよ」

アイザックがふと思いついたように、自分の指輪を外してセシリアに差し出した。

「あの、これは……？」

「あ、いや、別に変な意味じゃないんだ。ただこれは私の身分を表すものだから、これを王都や直《ちょっ》轄《かつ》領《りょう》の役所で見せれば、私の関係者だと証明できる。いざというときはこれを使って私を呼び出して欲しい」

「そんな大切なもの、受け取れません」

「頼む、君に持っていてほしいんだ」

真剣な面持ちで懇願するアイザックに、セシリアは思わず苦笑した。

「分かりましたわ、アイザック兄様。これはお預かりいたします」

結婚式と披露宴の出来事で、アイザックにまで心配をかけてしまったらしい。

実際には王宮で忙しく働く彼を呼び出すなんてできるわけがないが、その気持ちが嬉しくて、セシリアは温かい気持ちに包まれた。

第二章　ガーランド邸の人々

やがて客人は全て引き上げて、今のこの屋敷にいるのは使用人を除けば、ラルフとセシリア、そしてアンジェラの三人きりになった。本来なら二人きりのはずだったが、今さらそれを考えたところで仕方がない。

ともあれセシリアの女主人としての毎日が、まさに今これから始まるのである。

（これから頑張らないといけないわね）

セシリアがそう決意を固めていると、ラルフが声をかけてきた。

「セシリア、披露宴では一人にして悪かったね」

「いえ……アンジェラさんの具合はいかがですか？」

「うん、だいぶ良くなったみたいだよ。君にも心配をかけたね」

「いいえ、大したことがなくてようございました」

「ありがとう。これからよろしく頼むよ、セシリア」

「はい。こちらこそよろしくお願いします、旦那様」

一生に一度の結婚式をめちゃくちゃにされたのは辛かったが、いつまでも引きずっていても仕方がない。いずれ「あのときはちょっとショックだったわ」なんて笑い話にできる日も来るだろう。

その後セシリアに主だった使用人たちが紹介された。

執事のジェームズは先代からガーランド家に仕えている白髪頭の老人で、「ようこそおいでくださいました。ガーランド家に新たな女主人をお迎えできることを、心からお慶《よろこ》び申し上げます」と慇懃《いんぎん》に頭を下げた。少なくとも表向きはセシリアのことを歓迎している様子である。

一方女中頭のマーサはいかつい顔つきの中年女性だが、「初めまして。マーサと申します」と淡々とした口調で言うのみで、愛想笑いすら浮かべなかった。

(この人、確かアンジェラ様って叫んでいた人よね)

『――アンジェラさま！　大丈夫ですか、アンジェラさま！』

誓いの儀式の最中に、悲鳴のような声でアンジェラの名を呼んでいた女性使用人に間違いない。

(あのときはずいぶん感情豊かに見えたけど、こうしてみるとなんだか気難しい感じの人なのね)

セシリアがとまどっていると、ラルフが「マーサはうちではジェームズの次に古株なんだ。私たちが子供のころは、良く二人でいたずらをしてはマーサに大目玉を食ったものだよ」と横から説明した。

「私たち？」

「私とアンジェラだよ」

「そんなこともございましたねぇ」

それまで仏頂面だったマーサは、アンジェラの名を聞いた途端に相好を崩した。

「本当に旦那様とアンジェラ様は幼いころから仲が良くて、いつも一緒に遊んでおられましたねぇ。

私ども使用人は、お二人は本当にお似合いだってよく噂していたものですよ。ですからよその伯爵家から奥様をお迎えになると聞いたとは、そりゃあもうびっくりいたしました」

「はは、なにを言ってるんだいマーサ」

ラルフはこともなげに笑っているが、セシリアは上手く笑えなかった。マーサが自分に対して冷たい理由がなんとなく飲み込めたからである。

「ところでマーサ、セシリアは侍女を連れてきていないから、誰か適当な女性をつけて欲しいんだ」

「まあ、サザーランド家から侍女を連れていらっしゃらなかったんですか」

侍女さえ連れてこれないのかと言わんばかりの口調に、セシリアは「ええ、そうよ。お義父さまの意向なの」と短く答えた。

セシリアとしては一人くらい気心の知れた使用人を連れてきたかったが、あまり外部の人間を入れたくないという義父の意向に従った結果である。

「分かりました。アンナをセシリア様にお付けしましょう。とても気の利く子ですので、ちょうどいいかと思います」

マーサはしかつめらしくうなずいた。

そして紹介されたアンナは、どこかふてぶてしい顔つきをした若い女性だった。マーサによれば「とても気が利く子」とのことだが、セシリアに対してその気遣いを発揮してくれるかは心もとなく思われる。

『――お嬢様、本当にお美しゅうございます』

セシリアは花嫁衣装を着るのを手伝ってくれたメアリーのことを思い出し、「せめてあの子にはここに残ってもらえば良かったかも」という後悔に襲われたが、今さら後の祭りである。

悲観的になっても仕方がない。アンナとはこれから付き合っていくうちに、打ち解けることもあるだろう。

「よろしくね、アンナ」

セシリアはそう言って微笑みかけた。

アンナは「はい。よろしくお願いします」と言葉を返したが、顔に浮かぶ表情はどこか冷笑めいていた。

夜になり、セシリアは湯あみをして真新しい夜着に着替え、夫となった人の訪れを待ち受けた。

ところが深夜になってもラルフはなかなか現れなかった。

(一体なにをしていらっしゃるのかしら)

そしてセシリアがうとうととまどろみかけたとき、ようやく現れたラルフは、困り顔でとんでもないことを言い出した。

「すまないが、アンジェラの調子が悪いんだ。とても不安がっているから、もうしばらく彼女のもとについていてあげることにするよ」

「アンジェラさんはそんなにお悪いのですか？　今からでもお医者様を呼びにやりましょうか」

「いや、それには及ばないよ。アンジェラは昔から身体が弱くてね。すぐに体調を崩すんだ。いつものことだから、君はそのまま休んでしまって構わないよ」

いつものことなら、なにもラルフが付き添うことはないのではないか。ガーランド侯爵家には世話をする人間なんていくらでもいる。

他の日ならばいざ知らず、今夜は新婚初夜なのだ。

無言になったセシリアに対し、ラルフは幼子に言い聞かせるような口調で言った。

「仕方がないだろう？　家族が病気のときに、とてもそんなことをする気にはなれないよ」

「そんなこと、ですか」

「言葉尻を捕らえるのはやめてくれ」

「ですが――」

「君はアンジェラが心配じゃないのか？　君には思いやりの心はないのかい？」

仇を見るような冷たい眼差し、とげとげしい声音に、身体がすくむような心地がする。

「……申し訳ありません」

思わずセシリアが謝罪すると、ラルフは打って変わった優しい声で「うん、分かってくれたらいいんだよ。私も少し言い過ぎたね」と言って、セシリアの髪をそっと撫でた。

「アンジェラが落ち着いたらここに戻ってくるから、それまで待っていてもらえるだろうか」

「分かりました。お待ちしております」

「ああ。すまないね。……愛してるよセシリア」

ラルフはいつもデートのときに見せていた温かな日差しのような笑顔で言った。

「私も愛しております。旦那様」

「必ず戻ってくるから、待っていてくれ」

しかし夜が白々と明けるころになっても、ラルフは戻ってこなかった。

◇　◇　◇

一夜明けて、セシリアはぼんやりとベッドの上に座り込んでいた。

窓の外ではすでに朝日が昇っており、小鳥たちのさえずる声が聞こえてくる。

結局ラルフはあのあと一度も帰ってこなかった。

(アンジェラさんは一晩中離してくれなかったのね……)

もやもやとどす黒い感情が沸き上がってきそうになるのを、セシリアは必死で押し殺した。

身体が弱いのはアンジェラ本人の責任ではない。アンジェラを不快に思うのは筋違いだ。自分はもっと思いやりの心を持たねばならない。

セシリアが己にそう言い聞かせていると、ノックの音が室内に響いた。

「……どうぞ」

おそらく今ごろになってラルフが弁解に来たのだろう。セシリアは昨日の冷たい眼差しを思い出し、なんとか笑顔を作って彼の訪れを待ち受けた。

不機嫌な顔を見せてはラルフに嫌われてしまうだろう。なんとも思っていないふりをして、彼を優しく迎えなければ。

ところが入ってきたのはラルフではなく、昨日セシリア付きとして紹介された侍女のアンナだった。

「お早うございます。お顔を洗う湯をお持ちしました」

アンナはにこりともせずに淡々とした口調で言った。

そしてセシリアが顔を洗い終えるのを待ってから、「朝食はこのまま寝室でお召し上がりになりますか？」と問いかけた。

「旦那様はどうなさったのかしら」

「旦那様はすでに食堂で召し上がっておいでです」

「え？」

「朝になってようやくアンジェラさまの体調が落ち着いて、朝食をお取りになれるとのことだったので、付き添っておられた旦那様もそのままご一緒に朝食を召し上がるとのことでした」

「なんですって……」

セシリアは一瞬眩暈《めまい》がした。ラルフは戻れなかったことをセシリアに詫びに来るよりも、アンジェラと一緒に食事をとることを優先したのだ。

「それで、どうなさいますか？　こちらに朝食をお運びしますか？」

「いいえ。私も食堂に行くわ。着替えるから手伝ってちょうだい」

「え、おいでになるんですか？」

アンナの声にはどこか不満そうな響きがあった。

「着替えるから手伝いなさい」

「……かしこまりました」

セシリアは身支度を整え、急ぎ足で食堂に向かった。

食堂が近づくにつれ、男女の楽し気な笑い声がセシリアの耳に響いてきた。

「うふふ、いやだラルフったら、そんな冗談ばっかり言わないでちょうだい」

「いや冗談じゃないさ、私は本当にそう思ってるんだ」

食堂に入ると、声を上げて笑いあうラルフとアンジェラの姿が目に映った。二人は入ってきたセシリアに気付くと、それぞれ対照的な反応を示した。

「セシリアさん、お早う。昨日は邪魔をしてしまってごめんなさいね。もしかして、朝までずっと待っていたのかしら」

笑顔で声をかけてきたのはアンジェラである。アンジェラの頬は薔薇色で、とても半日臥《ふ》せっていた病人とは思えないほどに血色がよい。

「……すまないセシリア。食事が終わったら、君に詫びに行こうとは思ってたんだ」

一方のラルフはさすがに気まずそうな表情で、もごもごと言い訳がましくつぶやいた。

「そうですね。せめて朝食を召し上がる前に、一言私に声をかけていただけたらと思いました。昨日のこともありますけど、朝は旦那様と一緒にいただきたいと思っていたので」

「いや、君にも声をかけようとは思ってたんだ。だけどまだ眠っていたら悪いし、それに結婚式の翌朝は、花嫁は疲れているから寝室で朝食をとることが多いとマーサに聞いたものだからね」

結婚式の翌朝に花嫁が疲れているのは、初夜が行われた場合だろう。一晩放置した花嫁を朝食の席でも放置していい理由にはまったくならないだろうに、この人はなにを言っているのか。

「ねえ仲間外れみたいに感じたのなら申し訳なかったわ。どうか機嫌を直してちょうだい。私たちこれから三人で仲良くやっていかなきゃならないんだから。今から喧嘩なんかしたくないわ」

「そうだな。アンジェラの言う通りだ。セシリア、どうか機嫌を直してくれ。ほら、君も席についてて。うちの料理長のコンソメスープは絶品なんだよ」

二人の言葉に、セシリアはぐっと奥歯をかみしめた。自分だって新婚早々喧嘩なんてしたくない。

(だけどこれから三人でってどういうこと？　アンジェラさんはこの先もずっと居座り続けるつもりなの？)

「なあセシリア、そんな風に立ったままでは給仕役が困ってしまうよ」

ラルフに促されて、セシリアが仕方なく席に着いた。

言いたいことはたくさんあったが、使用人たちも見ている場で、女主人が感情的になって諍いを起こすのは適切ではない。話し合うとしたら、ラルフと二人きりになってからだろう。

やがてセシリアのもとにも料理が運ばれてきた。ラルフが言っていた通り、コンソメはなかなかの味だった。

「どうだい？」

「とても美味しいですわ」

「そうか、君の口にあってよかったよ」

ラルフは安堵《あんど》したように言うと、「このスープはアンジェラの大好物なんだ」と付け加えた。

「そうなの。私が大好きだって言ったら、マーサが料理長に言って、毎日出してくれるようになったのよ」

アンジェラが得意げに言い添える。セシリアはなんだか急に味がしなくなったように感じていた。

その後、ラルフとアンジェラはセシリアが来る前に交わしていた会話の続きを始めた。

「そうよねぇラルフ、私もあの態度はないって思ったわ」

「だろう？　だから私はあのとき支配人にはっきりこう言ってやったんだ――」

二人は朝食の間中、いかにも楽しげに言葉を交わした。

セシリアが何度か会話に加わろうとしても、アンジェラが「オペラと言えば、あのとき一緒に行ったオペラを覚えてる？」「そうそう、ラルフってばそういうところがあるのよね。ほらあのときも――」などとすぐに二人の思い出話に持ち込んでしまうため、セシリアはひたすら蚊帳《かや》の外に置かれ続けた。

それでいて時おり思い出したように、「もうラルフったらそんなこと言って、ほんとに意地悪なんだから。ねえセシリアさんもそう思うでしょ？」などと白々しく同意を求めてくるのが余計に疎《そ》外《がい》感を募らせる。

（まるで私は邪魔ものみたいね）

いかにも親密そうに会話を続ける二人と、時おり相槌を打つだけの自分。

これではまるでアンジェラとラルフこそがこの屋敷の主人夫妻で、セシリアは厄介者の居候《いそうろう》のようだ。

——それにしても、彼らのこの距離感はなんだろう。

食事中にも気軽にボディタッチを繰り返し、顔を近づけ、微笑みをかわす。

ラルフはアンジェラを「私にとっては妹のようなものなんだ」と言っていたが、実の兄妹でもここまで距離が近いのはありえないのではないか。

セシリアは実兄のリチャードとそれなりに良好な関係を築いているつもりだが、思春期を過ぎてからこんな風にべたべたしたことはない。

むしろ兄を相手にこんな風にふるまうなんて、想像しただけでも気持ちが悪い。

この距離感は、兄妹というよりはむしろ——

セシリアは湧き上がってくる疑惑をおさえることができなかった。

砂をかむような朝食が終わると、セシリアは一緒に庭を散歩しようとラルフを誘った。

「パーティで使われたお庭がとても美しかったので。ぜひ旦那様に案内していただきたいんです。昨日はお客様のお相手に追われて、ゆっくり拝見できませんでしたから」

「ああ、もちろん構わないよ。それじゃアンジェラも一緒に——」

「アンジェラさんは病み上がりなのですから、お部屋でお休みなった方がいいんじゃないでしょうか」

「そうか、そうだな……」

「あら、私は平気よ？　一緒に行きましょう」

アンジェラがすかさず反論するも、ラルフは「いや、アンジェラは少し休んでいた方がいいよ」と優しい眼差しで言った。

そしてようやく夫婦二人の時間が訪れた。

二人きりになると、ラルフは婚約時代と変わらない紳士ぶりを発揮した。

セシリアを気遣い、セシリアの歩調に合わせてゆったりと歩きながら、あの花はもうすぐ見ごろだとか、あの温室は祖父が作らせたとか、当時のエピソードを交えながらあれこれ解説してくれる。

ラルフのエスコートはとても心地よくて、セシリアはこの優しい空気を壊すことにためらいを覚えた。

いっそこのまま何も知らぬふりをして、散歩を終えてしまおうか。

ふと、そんな考えが胸に浮かんだが、これ以上もやもやした疑惑を抱え続けるのもやはり辛いものがある。

セシリアの迷いが断ち切られたのは、ラルフの「ああその薔薇はね、アンジェラが好きだから植えたんだよ」の一言だった。

「母は白いバラを植えるつもりだったんだが、アンジェラがどうしてもピンクがいいって言い張ってね。結局母が折れたんだよ。あのときのアンジェラは本当に――」

目を細めてアンジェラとの思い出を語るラルフの姿に、セシリアはついに意を決して口を開いた。

「旦那様、その、アンジェラさんのことなのですけど」

「うん？　なんだい？」

「あの方は、もしかして旦那様の愛人なのですか？」

「……君は本気で言っているのか？」

地を這うような低い声に、セシリアは身をすくませた。

「よくもそんな汚らわしい……よくもそんな下衆《げす》なことを思いつくものだ！」

強い力でいきなり肩をつかまれて、思わず悲鳴が漏れそうになる。

「旦那様、痛いです」

「一体どこからそんな下衆《げす》な発想が出てきたんだ！　君自身が下衆《げす》な人間だから、そんな発想が出てくるのか？」

「痛いです、乱暴なことはやめてください！」

肩をつかんで揺すぶられながら、セシリアが抗議の声を上げると、ラルフはようやく手を放した。そして深々とため息をつくと、冷たい眼差しでセシリアを見据えた。

「アンジェラはただの幼馴染だ。私にとっては妹のような存在だと最初に言っていただろう？」

「ですが――」

「なんだ？」

被せるように問いかけられて一瞬ひるみそうになるも、セシリアはなんとか言葉を続けた。

「ですがただの幼馴染にしては、あまりに距離が近すぎるように感じました」

「それは下衆《げす》の勘繰《かんぐ》りというものだ。誓って言うが、私とアンジェラの間にやましいことは何もない。分かっているのか？　君はそういう色眼鏡で見ることで、私とアンジェラの両方を侮辱《ぶじょく》しているんだぞ？」

ラルフの声や表情は、理不尽な言いがかりをつけられて、心底憤慨《ふんがい》している男性そのものだった。

ラルフとアンジェラの間に、本当に肉体関係はないのかもしれない。

「……申し訳ありません、私の考えすぎだったようです」

「分かったのならいい。今後二度とそんな下品なことは口にしないでくれ。不愉快だ」

「ですが純粋な幼馴染だったとしても、やはり距離が近すぎるように感じました」

「じゃあどうしろと言うんだ？　もう二度とアンジェラと話すなと？　顔も見るなというつもりか？　……君がそこまで我が儘《まま》で独占欲の強い女だとは思わなかったよ」

ラルフは吐き捨てるような口調で言った。

「……君はそのまま一人で庭を散歩するといい。私はこれで失礼するよ。しばらく君の顔を見たくない」

ラルフはそう言い捨てると、そのまま屋敷の方へと戻って行った。一人残されたセシリアは、唇をかみしめて立ちつくすよりほかになかった。

◇　◇　◇

部屋に戻ってからしばらくの間、セシリアはなにも手につかずにただ呆然と座り込んでいた。

ラルフが自分にぶつけた蔑みの言葉、冷たい嫌悪の眼差しが、セシリアの頭の中でぐるぐる回る。

(旦那様に対してあんなことを言ったのは、やっぱり間違いだったのかしら)

少なくとも今までのラルフはセシリアのことを邪険《じゃけん》に扱っていたわけではない。

あくまでアンジェラ優先ではあったが、セシリアに対してもそれなりに優しい態度をとっていたと思う。

だけど先ほどのやり取りで、その全ては失われてしまった。

愛するラルフに嫌われてしまった、その事実がセシリアに重くのしかかる。

こんなことならなにも言わなければ良かった。

ラルフがアンジェラと恋人のようにじゃれあっていても、見て見ぬふりでやり過ごせばよかった。

そんな思いがセシリアのうちに湧いてくる。

とはいえ食事のたびに疎外感《そがい》を味わい、アンジェラの「セシリアさんもそう思うでしょ?」という言葉に相槌を打つ日々を思うと、それはそれで耐え難いように思われた。

(私はどうすれば良かったのかしら。これからどうすればいいのかしら)

結論が出ないまま昼近くなって、侍女のアンナが「昼食はお部屋でとることになさいますか?」と聞いてきた。

セシリアは食堂に行くと答えたかったが、今の彼女には、あの二人と同席する気力は残っていなかった。

「……ええ、部屋でとることにするわ」

セシリアが答えると、アンナは満足げに笑ったように思われた。今朝のことも考え合わせれば、おそらく気のせいではないだろう。

（あの子はアンジェラの味方なのね）

憂鬱《ゆううつ》な気持ちで昼食を終えた後、セシリアはつらつらと嫁いでからの出来事を思い返した。

ラルフは気づいていないようだが、アンジェラのセシリアに対する態度には明らかに悪意が感じられた。

それが恋愛感情によるものか、あるいは子供じみた独占欲なのかは分からないが、アンジェラにとってセシリアは自分とラルフとの世界を壊す無粋《ぶすい》な闖入者《ちんにゅうしゃ》なのだろう。

そして侍女のアンナはそんなアンジェラに肩入れしている。

アンジェラに肩入れと言えば、女中頭のマーサの存在も気にかかる。

結婚式のとき、ラルフにアンジェラを運ぶよう言ったのは他ならぬマーサだ。本来なら従僕に頼めば良いことを、よりによって花婿のラルフに頼むなんて、今考えると異常である。

そういえば朝食の際に「花嫁は寝室で朝食をとることが多い」とラルフに進言して、セシリアを放置する流れを後押ししたのもマーサだった。

女中頭のマーサは、女性使用人の元締めだと聞いている。アンナがあんな風なのは、おそらくマーサの影響によるものだろう。つまりマーサの影響下にある女性使用人は、すべてアンジェラの味方である可能性が高い。

（私は女主人として、忠誠心が別のところにある使用人たちを扱っていかなければならないのね……)

むろん家政の取り仕切りは女主人の権限であり、気に入らない使用人は辞めさせることも可能である。

とはいえ夫ラルフの後ろ盾のない身で、年季の入った女中頭とその一派に手を出すのはなかなかに骨の折れる問題だ。

(もしかして男性使用人も？　執事のジェームズはどうなのかしら)

セシリアは昨日紹介された老執事の様子を思い返した。

ジェームズはガーランド家の新たな女主人を心から歓迎する態度を示しており、会った限りでは好印象だったが、しかし——

物思いにふけるセシリアの耳に、ノックの音が響いてきた。

セシリアが返事をすると、現れたのはラルフだった。彼は照れたような笑みを浮かべて「君と仲直りしようと思ってきたんだよ」と切り出した。

「あのあと一人になって色々と考えたんだ。それで嫁いだばかりで神経質になっている君に対して、少し思いやりが足りなかったと気が付いたんだよ」

(私がアンジェラさんを気にするのは、私が神経質なのが原因だということでしょうか)

「君にしてみれば、二人きりの新婚生活を夢見ていたところに他の女性がいるのだから、つい嫉妬してしまうのも無理はない。それで変な風に邪推したり、邪魔者扱いしたくなったりするのも仕方がないのかもしれない。……だけどセシリア、これだけは分かってほしい。少なくともアンジェラの方は、心から君と仲良くすることを望んでいるんだ」

（食堂での態度はどう見たってそんな風ではありませんでした。いいえ、もしかしたら結婚式の最中倒れたことや、その後ずっと体調不良を訴えたのだって、わざとなのかもしれません）

「恵まれた君にはまるで想像もつかないだろうが、アンジェラは子供のころから身体が弱いせいで、私のほかには遊び友達もいなかったんだ」

（それは身体が弱いせいではなく、アンジェラさんが貴方と二人きりで過ごすことを望んだからではないでしょうか）

「だから彼女は君が屋敷に来ることをそれは楽しみにしていたんだよ。君もアンジェラのそういう健気な思いを、ほんの少しだけでもいいから汲んでやって欲しい。そしてどうかアンジェラを邪険《じゃけん》にしないで、家族として受け入れてやって欲しいんだ」

（邪険《じゃけん》にされているのは私の方です）

「なあセシリア、私にとっては君もアンジェラも同じくらいに大切なんだよ。婚約時代の君はいつも優しくて、誰に対しても親切だった。そんな君ならきっとアンジェラとも仲良くやってくれると信じていたし、今だって信じたいと思っているんだ」

（私は貴方の妻になるためにガーランド家に来たのです。アンジェラさんのお友達になるためではありません）

ラルフに対して反論したいことは山ほどあった。

しかしセシリアはすべてを無言のうちに飲み込んだ。ここで何か言ったところで、またもラルフを激高させるだけだろう。

「セシリア、私たちにはまだ時間が足りない。これからゆっくりと夫婦になって行こう」

「はい」

最後の言葉だけは、心から同意できることだった。

食事のときに疎外《そがい》感を味わったのは、まだ自分とラルフの間に積み重ねた時間が足りないからだ。これからラルフといろんな経験を重ねて二人の思い出を作って行けば、自分一人が蚊帳《かや》の外に置かれることもなくなるだろう。アンジェラのことは出来るだけ気にしないことにして、ラルフと良い夫婦になるために、自分なりにできるだけのことをしてみよう。

セシリアはそう決意した。それは夫であるラルフを愛していたから。いや少なくとも愛していると思っていたからこそである。

ところがあるおぞましい事件をきっかけにして、セシリアはラルフに対する愛情をすっかり失ってしまうことになる。

第三章　ガーランド家の女主人として

翌日。気持ちを切り替えたセシリアは、執事のジェームズに屋敷内を案内するように申し付けた。貴族の妻にとって最も重要な仕事は家のために跡取りを産むことだが、次いで重要なのは家政の取り仕切りと貴婦人としての社交である。そして家政を取り仕切るには、まず屋敷について把握しておく必要がある。

ジェームズはさすがに心得たもので、あれこれ解説を交えながら、屋敷の主要な部分を手際よく案内してくれた。

当主の使う執務室に書斎、大広間、客間、サンルーム、家族共用の図書室、音楽室、美術室、撞《どう》球《きゅう》室、ラルフも幼いころを過ごしたという子供部屋、裁縫室、厨房から地下のワインセラーに至るまで、ガーランド邸は伝統ある名門侯爵家だけあって、その作りは重厚で、それは見事なものだった。

「いかがでしょう、ガーランド邸は」

「とても素晴らしいわね」

セシリアはお世辞抜きでそう答えた。

「だけどあちこち修繕《しゅうぜん》の余地もありそうね。……特にカーテンと壁紙は随分と古びているようだけど、なにかこだわりでもあるのかしら」

「いいえ。ガーランド家の恥をお話しするようですが、単に改装費用がなかっただけです」

「まあ、そうなの。それじゃ費用さえあれば、すべて取り換えても構わないのね？」

「もちろんですとも。すべて奥様のお好きなように模様替えなさってくださいませ」

「それじゃガーランド家がいつも使っている商会から見本を取り寄せてちょうだい」

「かしこまりました。従僕に申し付けて、すぐにでも取りに行かせましょう」

ジェームズの口調は相変わらず慇懃《いんぎん》そのものだったが、その声音から隠しきれない喜びが伝わってきて、セシリアは内心苦笑した。おそらくジェームズとしても、早く新調したかったのだろう。

(改装を終えたら、他の使用人たちも少しは喜んでくれるかしら)

屋敷を自分好みに整えて、使用人とも信頼関係を築いて、そんな風にして少しずつ、この家に馴染んでいければと思っていた。そのときは。

◇　◇　◇

午後になり、さっそくカーテンと壁紙の見本がセシリアのもとに届けられた。

ガーランド家御用達のレイノール商会のデザインは、セシリアの実家が使っているバークリー商会のものと比べると若干やぼったく感じられたものの、あれこれ探すうちに「これは」と思うものをいくつか見つけることができた。

（やっぱりこれかこれかしら。ラルフ様も気に入ってくださるといいんだけど）

セシリアが候補を絞ってラルフに相談を持ち掛けると、ラルフも目を細めて「嬉しいな。私もカーテンと壁紙については前から気になっていたんだよね」と喜んだ。

「このどちらかにしようかと思っているのですが、なにか問題があるでしょうか」

「ううん、どっちも素敵だと思うよ。セシリアはやっぱりセンスがいいね」

「ふふ、ありがとうございます。それじゃ正式に決まったらまたお知らせしますね」

「ああ、楽しみにしているよ」

そうして話がまとまりかけたとき、アンジェラが血相を変えて押しかけてきた。

「マーサに聞いたんだけど、この家のカーテンと壁紙を一新するって本当なの？」

「はい。今あるのは大分古びてるので、換えよう思っているんです。アンジェラさんにとっては思い入れのあるカーテンなのかもしれませんが――」

セシリアが弁解するように言うと、アンジェラは「あら、私は替えるの大賛成よ」と満面の笑みを浮かべて言った。

「そうなんですか？」

「ええそうよ。今あるのはちょっと辛気臭いでしょう？　カーテンも壁紙も素敵なピンクにしたらぱっと明るくなるのにって、前からずっと思ってたのよ」

「申し訳ありませんが、ピンクにする予定はないんです」

ピンクのカーテンと壁紙なんてまるで場末の娼館のようだし、候補の候補にすら入っていない。

「まあ駄目よ、絶対ピンクじゃなきゃ」

「アンジェラさん、お気持ちはわかりますが、ここは私に任せていただけませんか？」

屋敷の内装を自分好みに整えるのは女主人の特権である。

当主であるラルフの意見を参考にするのはともかく、単なる居候《いそうろう》にすぎないアンジェラに口を出される筋合いはない。

ところがアンジェラは傲然《ごうぜん》と胸を張ってこう主張した。

「駄目よ。セシリアさんの気持ちはわかるけど、決めるのは私。だって小母様《おばさま》が次に内装を変えるときは私の好みにしていいって約束してくれたんだもの！」

「お義母様が？」

「そうよ。私ずっと楽しみにしてたんだから。ねえ、ラルフも覚えているでしょう？」

アンジェラが甘えた声で話を振ると、ラルフは「そうだな。そういえばそんなことを言っていたような気がするな」とうなずいた。

そしてラルフはセシリアの方に向き直ると、とんでもないことを言い出した。

「セシリア、悪いけどそういうことだから、カーテンと壁紙はアンジェラに決めさせてやってくれないか？」

「……申し訳ありませんが、それは承服できません。屋敷の内装を整えるのは、当主の妻である私の役割です」

「うん、内装を決めるのは女主人の役割であることは分かっているよ。だけど前の女主人である母が約束したことだから仕方ないだろう？」

「私はお義母様からなにもうかがっておりませんが」

「母が伝え忘れたんだね、それは息子である私から謝罪するよ。とにかく君は後から来たんだから、少しは合わせてもらえないかな」

（後から来たって……）

セシリアは当主の妻として、ラルフと共にガーランド家の新たな歴史を築くために遠方から嫁いできたのである。

単なる居候《いそうろう》にすぎないアンジェラとは根本的に立場が違うのに、単なる「先住者」と「新参者」の文脈で扱うのは明らかにおかしい。

アンジェラが思うままに内装を整えたいのなら、自分自身が嫁いだ先でやればいいだけの話である。

セシリアは以上の内容を、言いまわしに気を付けながらも必死にラルフに訴えた。

ラルフはセシリアの言い分に途中まで納得しかけたものの、その後アンジェラが「私は身体が弱いから結婚なんてできっこないのに、分かったうえでそんな意地悪言ってるの？」と泣き落としに打って出ると、結局アンジェラの肩を持った。

「なあセシリア、君の言い分も分からないではないけどさ。アンジェラはこの通り身体が弱いんだし、君は健康なんだから、少しくらいアンジェラのことを気遣ってやってもいいんじゃないかな」

その後もラルフは頑として譲らずに、結局屋敷の改装はアンジェラ主導で行われることになってしまった。

アンジェラの選んだローズピンクのカーテンとベビーピンクの壁紙は悪趣味極まりないもので、こんな家に客人を招いてもてなすことを思うと、セシリアは暗澹《あんたん》たる気持ちに襲われた。

もっともそれはセシリアの杞憂《きゆう》に終わった。

そもそも客人を招いてもてなすことを、アンジェラがよしとしなかったからである。

セシリアが近隣の上流階級の夫人たちを招いてお茶会を催《もよお》そうとしたところ、早速アンジェラの横やりが入った。

「私、あの人たちって苦手なのよ。騒がしいし、私に意地悪なことばっかり言うんだもの」

「アンジェラさん、おもてなしするのは私ですし、アンジェラさんがお嫌なら、出席なさらなくても構いませんから」

「それでも嫌よ。館の中にあの人たちがいるってだけで、なんだか落ち着かないじゃない」

「セシリア、アンジェラがここまで嫌がってるんだし、無理にお茶会を開かなくてもいいんじゃないか？」

ラルフはここでもアンジェラの肩を持った。

「そういうわけにはいきません。とにかく一度だけでもお茶会を催《もよお》さなければ、地域社会で笑いものになってしまいます」

新しく嫁いできた女主人は、まず近隣に住む夫人たちを招いてお茶会を催《もよお》すのが慣例だ。そして後日夫人たちからお返しとしてのお茶会に招かれて、そこから社交が始まるのである。

このままお茶会を開かなければ、「あそこの女主人は常識がない。まともに社交もできないのか」とのそしりを受けかねない。恥をかくのはセシリアだ。

しかしセシリアの訴えを、ラルフは笑って一蹴した。

「大丈夫だよ。この辺りの人たちはみんなおっとりしてるから、そんなこといちいち気にしないよ。『ガーランド家の新しい女主人はちょっと内気で引っ込み思案なんだな』って、みんな笑って許してくれるさ」

セシリアの体面をあまりにも軽く扱う発言に、セシリアは思わず唇をかんだ。

そもそもなぜセシリアが「笑って許して」もらわなければならないのだろう。セシリアは別に内気でも引っ込み思案でもないというのに。

(やっぱりこの家は少しおかしいわ……)

この家はすべてアンジェラを中心に回っている。

ラルフも使用人もすべてがアンジェラアンジェラアンジェラだ。

何より異常なのは、ラルフが夜になるたび体調を崩すアンジェラに付き添い続けていることである。

おかげで嫁いで半月になるというのに、二人の関係は白い結婚のままだった。

◇　◇　◇

「結局昨夜もいらっしゃらなかったわね……」

鳴きかわす小鳥の声を聞きながら、セシリアはもう何度目かも分からないため息をついた。

お茶会の一件からさらに半月が過ぎたが、ラルフとセシリア、そしてアンジェラの奇妙な関係は何一つ変わらないままである。

ラルフは相変わらず毎晩アンジェラに付き添っているため、夫婦の寝室を訪れない。

食事中もラルフはアンジェラと昔の話題で盛り上がってしまい、セシリアは会話に入れない。

そのうえセシリアが遠乗りに誘っても、芝居見物に誘っても、ラルフは「すまないがアンジェラは乗馬が大の苦手なんだよ」「すまないがアンジェラは長い間人混みにいると気持ちが悪くなるんだよ」と言って拒否。

そこでセシリアが二人で行こうと言おうものなら、「なぜ君はアンジェラを疎外《そがい》しようとするんだ。君には思いやりというものがないのかい？」と青筋を立てて怒り出す始末である。

（一体どうしたものかしら）

セシリアがベッドに座り込んだまま頭を悩ませていると、ノックの音が室内に響いた。

「お早うございます。お顔を洗う湯をお持ちしました」

セシリアが返事をすると、いつものように洗面器を手にしたアンナが入ってきた。

「昨夜も良くお休みになれたようですね」

アンナはにやにや笑いながら言うと、洗面器をサイドテーブルに置いた。

湯気がたっていないのを不審に思いながら指先を付けると、ひやりとした冷たさに身震いが出る。

「冷たいわ。これじゃただの水じゃないの。ちゃんと温かいお湯を持ってきてちょうだい」

「今朝は気温が高いので、それくらいがちょうど良いと思いますよ」

「どれくらいがちょうど良いかは私が決めるわ。ちゃんと温かいものを持ってきなさい」

セシリアがぴしりというと、アンナはいかにも不満そうな顔をしながら、洗面器を持って出て行った。

アンナは元から態度の良い使用人ではなかったが、ここ最近の振る舞いは目に余る。

お茶を頼めば妙にぬるくて薄かったり、逆に渋すぎたりといった酷い代物《しろもの》を出してくるし、セシリアの髪を結い上げるときも手つきがやたらと乱暴で、悲鳴が漏れそうになるほどだ。

そのたびに注意をするのだが、口先で謝罪をするのみで、一向に改める気配もない。

思い余ってマーサに侍女を変えるように伝えたものの、「分かりました。適当な者を探しておきます」と言うのみで、いまだに交代はなされていない。

態度が悪いのは他の女性使用人たちも同様で、セシリアの命令に対していちいち不満げな様子を隠さない。

さらには立ち去るセシリアの背後で「まだ奥様じゃないくせに」と陰口をたたくことさえあった。

ラルフが毎晩アンジェラに付き添っている以上、セシリアとラルフの間に夫婦生活がないことは一目瞭然《いちもくりょうぜん》だとしても、女性使用人の間でその情報が共有されていることは、やはり気分の良いものではなかった。

一方ジェームズをはじめとする男性使用人は、女性使用人のように酷い態度をとることはなかった。アンジェラを溺愛しているマーサと違い、ジェームズは別段セシリアに敵意はないのだろう。とはいっても彼女らの酷い態度を注意するようなことはないし、一度セシリアが侍女に関する苦情をジェームズにはっきり伝えたときも、「まことに申し訳ございませんが、女性使用人についてはマーサの管轄《かんかつ》ですので……」と煮え切らない態度を示すのみだった。

立場はジェームズの方が上なはずだが、マーサを敵に回して女性使用人らの反感を買うのが億劫《おっくう》で、それくらいならセシリアに我慢してもらおうという腹なのだろう。

セシリアの味方はどこにもいない。

この八方ふさがりの状況は、一体いつまで続くのか。

セシリアが鬱々《うつうつ》とした気分を持て余していると、従僕が「奥様にお手紙が届いております」と一通の封筒を差し出した。見れば実家にいる妹のエミリアからのものだった。

「お久しぶりです。お姉様」から始まる手紙には、セシリアがいなくなって寂しいことや、最近編み物に凝っていること、リチャードの愛馬が仔馬を産んだことといった近況報告から、落ち着いたらガーランド邸を訪問したいという希望、そしてセシリアの整えた内装はきっととても洒落ているのだろう、セシリアはガーランド領の社交界でも人気者なのだろう、などと言った想像が綴《つづ》られており、最後はいつか可愛い甥か姪に会える日を楽しみしていますと結ばれていた。

手紙に目を通しているうちに、嫁ぐ前の希望に溢れていた日々が蘇《よみがえ》ってきて、胸が締め付けられるようだった。

今の状況はあのころ思い描いていた未来といかに隔《へだ》たりがあることか。

(いつまでもこんな状況に甘んじているわけにはいかないわ。なんとかしないと)

現状を打開するために、まずなにをするべきかと言えば、やはりラルフときちんと夫婦になることだろう。

もう一度、正面からしっかりラルフと話し合ってみよう。セシリアはそう決意した。

――その決意があんなおぞましい事態を引き起こすことになろうとは、そのときのセシリアはまるで予想だにしていなかったのである。

◇　◇　◇

アンジェラが昼寝をするタイミングを見計らい、セシリアはラルフを庭園の散歩に誘った。

そしてしばらくの間、あの花がもうすぐ見ごろだとか、最近は雨が少ないとか、他愛ないやり取りを交わしてから、おもむろに話を切り出した。

「旦那様、昨夜も夫婦の寝室においでになりませんでしたわね」

「ああ、すまなかったね。アンジェラがどうしても一人じゃ不安だって言うからさ」

「それは承知しております。だけどこんなことが続くようでは、ガーランド家の跡取りを作ることもできません」

「仕方がないだろう？　体調不良はアンジェラ本人にもどうしようもないことなんだから。それともまさか、アンジェラが仮病を使っているとでもいうつもりか？」

その通りだと言いたかったが、セシリアは「いいえ、とんでもありません」と大げさに首を横に振って見せた。

「アンジェラさんのことは本当にお気の毒だと思っています。ただ夜中は旦那様ではなくマーサについてもらうようにしていただきたいのです」

「しかしアンジェラは私がいないと心細いと言っているんだ」

「ですがずっとこのままというわけにもいかないでしょう？　これは私たち夫婦の問題というより、ガーランド家の存続にかかわる問題なのですから。お義母様やお義父様も跡取りの誕生を心待ちにしていらっしゃるのではないでしょうか」

「大げさだな。なにもこの先ずっと続くわけでもないだろうに」

「私も最初はそう思っておりました。しかしもう一か月になります。この先ずっとこの状況が続かないと、どうして言い切れるでしょうか。アンジェラさんが病弱なのは、子供のころからずっと変わらないのでしょう？」

セシリアが言うと、ラルフはさすがに気まずそうに視線を伏せた。

「私の実家の両親も孫の誕生を楽しみにしています。現状を続けることは、大切な人たちを裏切ることになるのではないでしょうか」

「うん、君の言いたいことは分かっているよ、しかし……」

「旦那様、私は内装を整える権利をアンジェラさんにお譲りしました。アンジェラさんが嫌がるので、この地域社会での社交も全くしておりません。今のままでは、私はなんのためにここに嫁いだのか分からなくなってしまいます」

「う、ううむ、でもアンジェラは……」

「旦那様の口からきちんと説得すれば、アンジェラさんもきっと理解してくださいます。旦那様はアンジェラさんにとって最も信頼する相手なのですから」

「……分かったよ。私からアンジェラに話してみよう」

不承不承といった様子でうなずくラルフに、セシリアはほっと安堵《あんど》の息をついた。

これでようやく自分はラルフと正式な夫婦になれる。

そして二人の子供が生まれれば、自宅にいながら疎外《そがい》感を覚えることもなくなるだろう。

そのときのセシリアは、かつて思い描いた未来がやってくることを、未だ信じていたのである。

その後、ラルフは約束通りアンジェラの部屋を訪れて、彼女の説得に取り掛かったようだった。

ちなみにラルフ一人ではなく、老執事のジェームズも一緒である。

ジェームズを同席させたのは、この件はラルフとセシリアのプライベートな話ではなく、ガーランド家の存続にかかわる問題なのだとはっきり示すためだろう。

もっともそれがどれほど効果を発揮したかは定かではなく、アンジェラの部屋からはしばらくの間、哀れっぽく泣きじゃくる声が廊下にまで響いていた。

「なんでそんな酷いこと言うの？　私がラルフなしで夜を過ごすなんて絶対無理よ」

「体調が悪いときって不安で不安で仕方ないのよ。ラルフだって分かってるでしょう？」

「ラルフったらやっぱり私よりもセシリアさんの方が大切なのね」

「結婚しても私をないがしろにしないって約束したのは嘘だったの？」

嫌でも耳に入ってくる泣き声に、セシリアははらはらし通しだった。

結局またラルフは流されてしまうのではないか。

なにもかも徒労《とろう》に終わって元の木阿弥《もくあみ》になるのではないか。

もし「やっぱり無理だったよ」とラルフに言われたら、自分はどう返せばいいのだろう。

途中からマーサが参戦して「旦那様！　アンジェラ様がお可哀そうです！」とアンジェラの味方をしたことで、事態はさらに混乱を極めたようだが、途中からぱたりと静かになった。

話し合いは続いているようだが、これまでのような泣き声は聞こえない。

（一体なにが起こっているの？）

まさか立ち聞きをするわけにもいかず、セシリアはじりじりしながらサロンで待つより他になかった。

そして大分経ってから、ラルフが一人でセシリアのもとを訪れた。

「ああ、本当に疲れたよ」

そう言って苦笑するラルフに、セシリアはとりあえず「お疲れ様です、旦那様」と言葉を返した。

「それで、話し合いの結果はどうなりましたか？」

「うん、なんとかアンジェラに納得してもらったよ。今夜から君と過ごすことができそうだ」

「本当ですか？」

セシリアが思わず声を上げると、ラルフは「ああ。アンジェラは心細くても我慢するといってくれたよ」と微笑んだ。

「君もアンジェラに会ったら感謝しておいてくれ」

「分かりました。お会いしたら必ず感謝をお伝えします」

客観的に見て自分が感謝するようなことでもないと思うが、言葉ひとつで丸く収まるのなら、それに越したことはない。

「それじゃ今夜、待っていてくれ」

「はい、旦那様」

「愛しているよセシリア」

「私も愛しています」

セシリアが言うと、ラルフはセシリアに優しい口づけを落とした。

（これでようやくちゃんとした夫婦になれるのね……）

ラルフが立ち去った後も、セシリアは幸せな気持ちに包まれていた。

初夜の惨《みじ》めな思いが、昨日のことにように思い出される。

あれ以来、この屋敷に居場所がないように感じていたが、そんなこともう終わりだ。

使用人たちに「本当の奥様じゃない」などと陰口をたたかれることもなくなるだろう。

（最初の子供はどちらになるのかしら。跡取りとしては男の子の方がいいんでしょうけど、女の子も可愛いわよね）

男の子ならラルフが剣を教えたりするのだろうか。女の子なら自分が髪飾りを選んであげたり、お揃いの生地で服をあつらえたり、刺繍《ししゅう》や編み物を教えたり――

（――なんて、ちょっと気が早すぎるわね）

セシリアが苦笑しながらサロンで刺繍《ししゅう》をしていると、手元にふっと影が差した。

顔を上げるとアンジェラが、あでやかな微笑をたたえて立っていた。

「セシリアさん、何をやっているの？」

アンジェラが甘い声音で問いかける。

「ハンカチに刺繍《ししゅう》をしているんです。昔からの趣味なので」

「そんな面倒くさそうなことが好きなんて、セシリアさんも変わってるわね。私にはとてもできないわ」

「まあ趣味は人それぞれですから。……あの、アンジェラさん、ラルフ様からうかがいました。夜のことについて、同意してくださってありがとうございます。不安でも我慢するとおっしゃっていただいたこと、本当に感謝しています」

ラルフに言われた通りセシリアが感謝の言葉を述べると、アンジェラは「気にしないで。だってガーランド家には跡取りが必要だものね」と微笑んだ。

「ええ、ご迷惑をおかけします」

「いいのよ。子供が産まれなかったらセシリアさんは実家に帰されることになるでしょう？　そうなったら可哀そうだってラルフが言うの。それにジェームズもセシリアさんがお気の毒だって」

執事のジェームズが気にしているのはセシリア自身ではなくサザーランド家から行われている援助の方だろうが、あえて口にする必要もないだろう。

「だから私が我慢することに決めたの。体調が悪い時にラルフがいないと不安だけど、私が我慢すれば済むことだものね」

アンジェラはいかにもしおらしげな口調で言った。

「本当に申し訳ありません」

「どうか気にしないで、セシリアさんは立派なガーランド家の跡取りを産んでちょうだい。私はそれまでに素敵な名前を考えておくから」

「……え？」

一瞬なにを言われたのか分からず、セシリアは怪訝《けげん》な声を上げた。

「あら、ラルフから聞いてなかった？　子供が生まれたら私が名前を付けていいってラルフが言ってくれたのよ」

「……初めて聞きました」

「ほら、私はこの通り身体が弱いでしょう？　子供なんて一生もてないわね、セシリアさんがうらやましいって言ったら、ラルフが私たちの子供は君の子供みたいなものだよって言ってくれたの。名前も君が好きなように付けていいよって」

「旦那様が、そんなことを……」

子供の名前は当然のことながら、セシリアがラルフと二人で話し合って決めるつもりだった。

むろんガーランド家の子供である以上、自分の意見がそのまま通るわけではないことは分かっていたし、場合によっては義父や義母に口を出されるのも致し方ないとは思っていた。

しかしアンジェラに一任されるというのはさすがに想定外である。

(仕方ないわ。それでアンジェラさんが納得してくれるなら我慢しましょう。あまりおかしな名前だったら、さすがに旦那様が止めて下さるだろうし)

セシリアがなんとか自分を納得させようとしていると、アンジェラは満面の笑みを浮かべながら、さらなる爆弾を投下した。

「だからね、ラルフの子供が生まれたら、アンジェラママって呼ばせてうんと可愛がるつもりよ」

「……ママと呼ばせることも、旦那様は了承しておられるのですか?」

「あら当然じゃないの。ラルフに言ったらもちろん構わないよって言ってくれたわ」

アンジェラは勝ち誇ったような口調で言った。

「そうしたら、なんだか急に子供が生まれるのが楽しみになってしまったの。ラルフの子ならきっと可愛いと思うのよね。ラルフと同じ、金髪で青い瞳の子が良いわ。ラルフそっくりの男の子がいいけど、女の子でも楽しいわね。私が髪飾りを選んであげたり、お揃いの生地で服をあつらえたり、二人で一緒にお茶会をするのも楽しそう。お勉強とか刺繍《ししゅう》とか、面倒くさいことは一切やらせないで、うんと甘やかしてあげるつもりよ」

アンジェラは歌うような声音で、自分の思い描くガーランド家の将来像を披露した。そしてセシリアの肩に手を置いて、耳元で囁《ささや》くように言葉を続けた。

「だからセシリアさん、出産は痛くて大変で命懸けだっていうけど、私たちのために頑張って元気な赤ちゃんをたくさん産んでちょうだいね？」


アンジェラが去ったあとも、セシリアは身体の震えが収まらなかった。

気持ちが悪い。吐き気がする。おぞましいおぞましいおぞましい。

(ラルフ様……貴方は生まれた子供を……私たちの子供を、アンジェラさんの玩具《おもちゃ》に差し出すつもりなのですか？)

もはやラルフのどこが好きだったのか、なぜ好きだったのかすら思い出せない。

今のセシリアが夫に感じるのは、身の毛がよだつような嫌悪感のみだった。

第四章　ガーランド邸からの脱出

（逃げないと……）

ごく自然に、そんな言葉がセシリアの頭に浮かんだ。

今のセシリアにはあの夫を閨《ねや》で受け入れるなんて、到底耐えられそうにない。

それにラルフ・ガーランドと正式に別れるためにも、白い結婚のままであることは必須条件だといえる。ラルフは今夜にでも夫婦の寝室を訪れるだろうし、もはや一刻の猶予もない。

（サザーランド領までは通常の旅なら六日はかかる。だけどほとんど休まずに行けば、四日もあれば行けるはず。途中で泊まる宿屋はこの際どこでもいいから――）

「奥様、お顔の色が悪いようですが、どうかなさいましたか？」

突然声をかけられて、セシリアは悲鳴をあげそうになった。

振り向けば老執事のジェームズが入り口のところにたたずんで、白い眉毛の下からこちらをじっと見つめていた。

「いいえ、なんでもないわ」

「よろしければ温かいお茶をお持ちしましょうか」

「いいえ。必要ないわ。それより馬車の支度をするよう言ってくれる？」

「承知いたしました。ところで、どちらにお出かけですか？」

「ちょっと町まで買い物に行きたいの」

「それでは侍女のアンナをお連れください。護衛としてマイケルとロナルドもお付けしましょう」

「供が三人なんて多すぎるわよ」

「申し訳ありませんがこれはガーランド家の家風ですので、奥様にも従ってもらわねばなりません。大切な奥様をお守りするためですから、どうかお聞き届けくださいませ」

ジェームズの物言いはあくまで慇懃《いんぎん》だったが、有無を言わさぬ調子があった。

（もしかして、見張られている……？）

ジェームズはアンジェラとラルフのやり取りを横で聞いている。彼らの合意がセシリアにとって耐えがたいものであることを理解したうえで、セシリアが逃げ出さないように監視しているのではなかろうか。

なんと言ってもセシリアはガーランド家にとって貴重な金づるなのだ。

そしてお坊ちゃんのラルフやアンジェラを溺愛するばかりのマーサと違い、ジェームズはセシリアの重要性をきちんと理解しているようだった。

「マイケルとロナルドはいずれも腕が立つうえ、ガーランド家に対する忠誠心にあふれた大変いい若者ですから、きっとお役に立ちますよ。それから奥様がお出かけになる際の御者《ぎょしゃ》はフランクにいたしましょう。先代からガーランド家に仕えている立派な御者《ぎょしゃ》で、ここら一帯の道を知り尽くしている男なんですよ」

ジェームズは自身の配下である男性使用人たちの忠誠心をことさら強調して見せた。

つまりセシリアがガーランド家の馬車を使って脱出するのは不可能だと、今さら無駄なあがきをするなと、暗に言っているのだろう。

「分かったわジェームズ。それでいいから早く手配してちょうだい」

ここで下手に抵抗するのは得策ではない。そ知らぬふりをして家を出て、町の誰かに助けを求めた方がいい。

「かしこまりました」

ジェームズは恭《うやうや》しく頭を下げると、するりとサロンを出て行った。

(……とにかく町まで行ってしまえば、なんとかなるわ。しっかりしなさいセシリア!)

セシリアは震える己を叱咤《しった》して、ぐっと拳を握りしめた。

マイケルとロナルドはいずれも熊のような大男で、セシリアを見つめる眼差しにはどこか胡乱《うろん》な光があった。おそらくジェームズから「けしてセシリア様から目を離すな」と言いつかっているのだろう。

侍女のアンナは相変わらず不遜な態度を隠そうともしないし、セシリアは彼らと共に馬車で揺られている間中、息が詰まりそうだった。

(とにかく町に着けばなんとかなるわ)

セシリアはひたすら己にそう言い聞かせていたのだが、実際に到着した「町」は、王都はもとよりサザーランド領にあるどの都市と比べても明らかに活気を欠いていた。

建物自体はどれもそれなりの店構えなのだが、人通りはまばらだし、全体にさびれた雰囲気がある。

(ガーランド家は領地経営が上手くいっていないと聞いているけど、こんなところにも影響が出ているのね)

セシリアは若干とまどいを覚えつつも、気を取り直して馬車から降りた。向かう先は小間物屋《こまものや》である。

一応「新しい指ぬきと刺繍《ししゅう》用の糸を買う」という名分もあるし、貴婦人が時間を潰してもあまり違和感がないからだ。

セシリアが表通りを歩くと、その後ろをぴったりと三人の供が付いてくる。

(まるで囚人の監視役ね……)

やがて通りの中ほどに、それらしき店が見つかった。セシリアが店内に入ると、人のよさそうな赤ら顔の男性が笑みを浮かべて出迎えた。

「いらっしゃいませ。なにをお探しでしょう」

「まずは店主を呼んでもらえるかしら」

「私が店主でございます」

そう言ってから、男性ははっとした表情を浮かべた。その視線はセシリアではなく、傍らに控える三人組に注がれている。

そして再びセシリアに視線を戻したとき、店長は先ほどまでの取り澄ました笑みとはまるで異なる、満面の笑顔を浮かべていた。

「もしかして、ガーランド家の奥様でいらっしゃいますか？」

「え、ええ。そうだけど」

「ようこそおいでくださいました！　ガーランド家の皆さまには代々ご贔屓《ひいき》にしていただいております！」

高らかにそう宣言する店主に、セシリアは内心そっとため息をついた。

（ここは駄目ね……）

匿《かくま》って欲しいと頼み込むつもりだったが、この分では到底無理だろう。「ご贔屓《ひいき》にしていただいているガーランド家」の嫌がることをこの店主がするはずもない。

結局適当な商品を購入してから、セシリアは次の店へと向かった。

しかしながら、そこでも同様のやり取りが繰り返された。その次も。またその次も。

店の者たちは皆ガーランド家の従僕や侍女と顔見知りであり、すぐにセシリアをガーランド家当主の妻だと察したうえで、自分たちがいかにガーランド家を敬っているかをアピールしてきた。

中には「そういえばアンジェラ様はお元気ですか？」などと訊《き》いてくる者さえあった。聞けばアンジェラが義母と共に何度も訪れたことがあるとのこと。

日が暮れるまで街歩きをして分かったことは、この古くて活気のない町にいるのはガーランド家の息がかかった者ばかりであり、ガーランド家からセシリアを匿《かくま》ってくれる人間なんて一人もいないという事実だった。

そして結局セシリアは監視役と共に再び馬車に乗り込んで、帰路につかざるを得なかった。

帰りの道中、馬車の中から外を見やると、夕闇の中でガーランド邸のシルエットが黒々と浮かび上がっている。

次第に近づいてくるそれが、今のセシリアには恐ろしい魔物の城のように思われた。

「お帰りなさいませ」

帰宅すると、ジェームズが満面の笑みで出迎えた。慇懃《いんぎん》にセシリアに挨拶《あいさつ》してから、後ろの従僕と視線を交わす。二人が意味ありげにうなずきあっているさまに、セシリアは言いようのない不快感を覚えた。

「晩餐《ばんさん》はどうなさいますか？　旦那様はもうお召し上がりになりましたが」

「部屋でとるわ」

「承知いたしました。のちほどお運びしましょう」

セシリアがほとんど食欲もないまま夕食を終えると、侍女たちの手で流れるように湯あみをさせられ、白い夜着を着せられた。

そして夜もとっぷり更けたころ、ノックの音が室内に響いた。

セシリアが返事をすると、笑顔のラルフが寝室に入ってきた。

「やあ、待たせてすまなかったね」

セシリアの好きだったラルフ・ガーランドの柔らかな微笑み。しかし今のセシリアには、おぞましいものとしか映らなかった。

「お待ちしておりました、旦那様」

セシリアは内心の嫌悪感を押し隠して、おっとりと微笑み返した。

「まずは二人でお酒をいただきませんか？」

「お酒を？」

「ええ、輿《こし》入れの際に、実家から美味しい葡萄酒《ぶどうしゅ》を持参したことを思い出しましたの。実をいうと少し緊張しているものですから、旦那様もお付き合いくださいませ」

「分かったよ。それじゃ一緒にいただこうか」

それぞれのグラスに葡萄酒《ぶどうしゅ》を注いて、互いに軽くグラスを合わせる。

セシリアの目の前で、ラルフは気持ちよく杯を空けた。

「美味いな。さすがサザーランド家から持参しただけのことはある」

「もう一杯いかがですか？」

「ああ、いただこうか」

そのまま杯を重ねても、ラルフの顔色はまるで変わらない。

「旦那様は、お酒がお強い方なのですか？」

「ああ、割とね」

ラルフは軽い調子でうなずいた。

やはり酔いつぶすと言うのはなかなか難しいようである。酒に睡眠薬でも入れられれば良かったが、あいにくそんな便利なものは実家から持参してこなかった。

セシリアは失望を顔に出さないようにしながら、さりげなくアンジェラのことに水を向けた。

「そういえば、あの後サロンでアンジェラさんにお会いしましたわ」

「それで、アンジェラにお礼を言ってくれたかい?」

「ええ、もちろんですわ。アンジェラさんにはいくら感謝してもしきれませんもの。……それでちらっとうかがったのですけど、子供の名前をアンジェラさんにお任せすると言うのは本当ですか?」

「ああ、アンジェラにそう言ったが、別に構わないだろう? もともと跡取りの名前は当主である私が決めることなんだし。私のものである権利をアンジェラに譲っただけだよ」

「アンジェラさんをママと呼ばせることに同意したというのも本当ですか?」

「なんだ、そんなことを気にしてたのか。それなら安心したまえ。君のこともセシリアママと呼ばせて構わないから。もしそのことでアンジェラが文句を言ってきても、私がちゃんと言って聞かせるから大丈夫だよ」

「そうですか……」

ラルフはまるで妻の味方をする頼もしい夫のように微笑んだ。

もしやアンジェラの狂言ではないかという一縷《いちる》の望みもこれで消えた。

分かっていたことではあるが、改めておぞましい事実を突きつけられて、身の毛がよだつようだった。

うつむくセシリアをなんと思ったが、ラルフはセシリアの方にぴったりと身を寄せてきた。

「なあセシリア、そんな先のことを今から考えても仕方がないよ。まずは子供を作ることだ」

生温かい息がセシリアの顔にかかる。思い切り突き飛ばしたい衝動をこらえながら、セシリアは何気ない調子で言葉を続けた。

「それにしても、やっぱりアンジェラさんは旦那様の説得なら応じるのですね」

「ああ、そりゃあね。なんといっても物心ついたころからの付き合いだし、アンジェラのことは私が一番分かっているからな」

「それなら内装をやり直すことについても応じるように説得していただけませんか？」

「なんだって？」

虚を突かれた様子のラルフに、セシリアは笑顔で言葉を続けた。

「ですから、カーテンと壁紙について、改めて業者を呼んでやり直したいんです。壁紙は無駄になってしまいますけど、カーテンの方は救貧院《きゅうひんいん》にでも寄付すれば無駄にはなりませんわ。ただアンジェラさんが文句を言ってきそうなので、旦那様に説得して欲しいんです」

「……君は一体なにを言ってるんだ？　新調したばかりのカーテンと壁紙を変える必要がどこにある」

「だってあれは悪趣味ですもの。旦那様もそう思われませんか？」

「え、そりゃあ……ちょっと可愛らしすぎるかなと思わないでもなかったが、アンジェラが一生懸命考えた内装なんだぞ？　それを今さら取り換えるだなんて」

「悪趣味なものは悪趣味です。こんな場末の娼館のような内装なんて恥さらしもいいところですわ。だからその辺りのことを、旦那様からアンジェラさんに言って聞かせて――」

「いい加減にしろ！」

ラルフはセシリアの肩を掴むと、怒鳴りつけた。

「調子に乗るのもいい加減にしてくれ！　不愉快だ。……その気が失せた。今夜はやっぱりアンジェラについててやることにするよ！」

ラルフが足音も荒く寝室を出て行ったあと、セシリアはほうと息をついた。

（とりあえず、今夜はこれでしのげたわね……）

とはいえ、こんなことをいつまでも続けられるはずもない。話を聞いたジェームズが、急に自己主張し始めたセシリアを不審に思い、「いいから初夜だけでも済ませてしまえ」とラルフをせっつく可能性だってある。

（とにかくできるだけ早くこの屋敷を出なければ。だけどガーランド家の馬車は使えないし、町の人たちはみんなガーランド家の味方。手紙で助けを呼ぼうにも、使用人の手を介さなければならないし、途中で握りつぶされる可能性が高いわね。他に考えられるのは――）

そしてセシリアはある作戦を思いついた。

◇　◇　◇

翌日。セシリアはあえてラルフとアンジェラが談笑しているサロンへ刺繍《ししゅう》道具を持って入った。

そして二人に軽く会釈してから窓際の席へ腰かけると、なに食わぬ顔で刺繍《ししゅう》を始めた。

ラルフとアンジェラはセシリアの方を見向きもせずに、「ふふふ、ラルフったらもう、相変わらずねえ」「アンジェラこそ、そういうところは昔から変わらないんだな」などと聞えよがしに甘ったるい会話を続けている。

アンジェラのみならずラルフもセシリアを無視しているのは、昨日のやり取りでまだ怒っていることをセシリアに示すためだろう。

この間までなら疎外感《そがい》と惨《みじ》めさでたまらない気持ちになっただろうが、今のセシリアとってラルフと口を利かなくて済むのはむしろ願ったりの状況である。

そうして二人の会話を聞き流しながらせっせと刺繍《ししゅう》を進めるうちに、やがて目当ての人物が茶器を乗せたワゴンを押して現れた。

「旦那様、アンジェラ様、お茶をお持ちしました」

老執事のジェームズは恭《うやうや》しいしぐさで二人にお茶を淹れてから、セシリアの方に向き直った。

「奥様もこちらにおいでとは知らずに失礼いたしました。すぐに奥様の分をご用意いたします」

「いいえ、結構よ、ジェームズ」

セシリアはにこやかに首を横に振った。

「それより貴方に頼みがあるの。バークリー商会に連絡をして、傘下《さんか》のドレス工房の者を屋敷によこすように伝えてちょうだい」

「バークリー商会のドレス工房、でございますか」

「ええ。新しいドレスを何着か作りたいのよ。連絡するときちゃんと私の名前を出してね。そうしたらなじみのデザイナーとお針子が来てくれるはずだから」

「失礼ですが、我がガーランド家の奥様は代々レイノール商会の傘下《さんか》の店でドレスを仕立てておられます。なじみの店で仕立てたいという奥様のお気持ちはよくわかりますが、ガーランド家に入ったからには、奥様も伝統に従っていただきたいと存じます」

「ドレスについては従いたくないわ。だってレイノール商会のセンスって、はっきり言って古臭いもの。カーテンや壁紙ならまだしも、ドレスについてはちゃんと流行にあったものをあつらえたいのは、女性として当然のことでしょう?」

顔を引きつらせるジェームズに対し、セシリアは平然とした口調で言った。

セシリアにしてみれば、ジェームズが反対するのは最初から予想していたことである。だからこそ、あえてラルフとアンジェラがいる場所を選んで話を持ち出したのだ。

「それにバークリー商会のドレス工房は単に私のなじみというだけじゃないわ。王都でもとても人気があって、第一王女のシャーロット殿下のドレスも仕立てている店なのよ!」

「まあ、王女様のドレスを?」

セシリアの言葉に、案の定アンジェラが食いついてきた。

窮乏《きゅうぼう》していたガーランド家は、新しいドレスなどめったに作れなかったことを知っている。今アンジェラが着ているものだって、おそらくは義母のドレスを仕立て直したものだろう。代々の伝統とはいっても、ここ最近のガーランド家の女性がレイノール商会とやらのドレス工房にどれほどの愛着を持っているのか怪しいものだ。

「ええ、そうなんです。とても素敵なドレスを作る店なんですよ。よろしければアンジェラさんもそこで何着か仕立ててみませんか？」

「そうね、私もぜひそこで作りたいわ。ねえ、いいでしょ？　ジェームズ」

「しかし……」

「ねえラルフ、いいでしょう？　私だって王女様と同じところで最新流行のドレスを仕立ててみたいわ」

アンジェラが甘えるような声音で言うと、予想通りラルフはあっさりと陥落《かんらく》した。

「そうだな。アンジェラもこう言ってるんだし、いいんじゃないか？　なにもそこまで伝統にこだわらなくてもさ」

当主のラルフにまでこう言われては、ジェームズに逆らう術《すべ》はない。結局ジェームズは不承不承といった様子で、バークリー商会に連絡を取ることを承諾した。

作戦が上手くいった喜びに、セシリアは内心快哉《かいさい》を叫んだ。

バークリー商会はセシリアの父の後援を受けて成長し、今や王家に食い込むまでになった商会であり、サザーランド家にひとかたならぬ恩義を感じている。彼らなら没落寸前の侯爵家よりもセシリアの味方になってくれるに違いない。

（そうよ。周囲に味方がいないなら、味方の方からこっちに来てもらえばいいんだわ）

とはいっても、バークリー商会の拠点は王都とサザーランド領にある。

こちらから商会の本部に連絡を取るのにかかる日数と、商会の者たちがこちらに来るのに費やされる日数。合わせて十日以上はかかると見なければならないだろう。

それまでの間、なんとか夜をやり過ごさねばならない。

(大丈夫よ、やって見せるわ)

セシリアは心ひそかに決意を固めた。

それからは薄氷を踏むような日々が続いた。

セシリアはアンジェラを置いて二人で遠乗りに行こうと誘ったり、二人きりで芝居に行こうと提案したり、あの手この手でラルフを怒らせ、夜の営みを回避し続けた。

そしてさすがに限界を感じ始めたころ。ようやく待ちに待ったバークリー商会の者たちがガーランド邸に現れた。

◇　◇　◇

バークリー商会の訪れにより、ガーランド邸のサロンはにわかにお祭り騒ぎの様相を呈した。

「ねぇみんな、このピンクと白なら、どっちが私に似合うと思う？」

「どちらも大変お似合いですけど、やっぱりアンジェラ様には愛らしいピンクが一番じゃないでしょうか」

「私は白の方がアンジェラ様の可憐な美しさが引き立つと思います！」

「アンジェラ様、いっそ同じデザインのものを色違いで二着お作りするのはいかがですか？」

「そうねぇ。じゃあそうするわ。それじゃこのデザインは、この布とこの布の二着お願いね」

「かしこまりました」

「それから、そっちのデザインはもうちょっとフリルをつけて欲しいんだけど――」

アンジェラと彼女を取り巻く女性使用人たちは、見本布を何枚も広げて大騒ぎをしている。

予想していたことではあるが、アンジェラ一派の我が物顔の振る舞いに、セシリアは内心苦笑していた。

（これでは誰が女主人だか分からないわね）

おかげでバークリー商会の者たちへの説明がやりやすくなったというものだ。

「ここではアンジェラさんのお邪魔になりそうだし、私は自分の部屋で選ぶことにするわ」

セシリアが顔なじみのお針子に告げると、彼女はどこか複雑な表情を浮かべながらも「かしこまりました」とうなずいた。

これでようやく商会の者とゆっくり話ができると思いきや、なんと侍女のアンナがセシリアのあとをついてきた。

いやセシリア付きの侍女である以上、本来ならば当然のことだが、先ほどまで他の女性使用人らと一緒に「アンジェラ様には断然こっちがお似合いですわ！」などとはしゃいでいたことを思うと、今の行動には違和感がある。

「アンナ、私は良いからアンジェラさんの衣装選びを手伝ってあげてちょうだい」

「そういうわけにはまいりません、私は奥様付きの侍女ですから」

「別に私に気を使わなくても構わないのよ？　私はバークリー商会でドレスを作るのは慣れているから、貴女のアドバイスは必要ないわ」

「でも、ジェームズさんに言われてますから」

「私についているようにって？」

「はい」

セシリアは内心ため息をついた。

ジェームズの命令は明らかにセシリアを監視するための措置である。

さすがにこういう場所に従僕をつけるのは不自然と見て、あらかじめアンナに言い含めておいたのだろう。

(仕方ないわね、なんとかして追い払わないと)

ただ幸いなのは、アンナはジェームズと危機意識を共有していないことである。

単に命じられるままにセシリアについているだけであって、ジェームズのように本気でセシリアが逃亡するなんて考えていないに違いない。そこにセシリアが付け入る隙がある。

部屋に着くと、セシリアはしばらくの間、素知らぬ顔でドレス選びに精を出した。

「そうね、これとこれと……あら、このデザインは百年ほど昔に流行ったスタイルに似ているわね」

「はい。昔風なのがかえってお洒落だと言われて、今年の春ごろから王都で流行中なんです」

「まあそうなの。……確かガーランド家のご先祖様の肖像画にも、このスタイルの衣装を着ているものがあったわね。あの肖像画に似せた服をあつらえたら面白そうだわ」

「それは面白いアイディアですね。絵を見せていただいたらこちらでデザイン画を起こしてお作りしますよ」

「ぜひお願いするわ。アンナ、こういうスタイルの衣装を着た肖像画を探して持ってきてちょうだい」

「え、私がですか？」

「そうよ、他に誰がいるの？　確か美術室か音楽室か図書室辺りに飾ってあった気がするわ」

「だけど私は奥様についているようジェームズさんに言われておりますので」

「ジェームズが私についているように言ったのは、私の用事をこなすためではなくて？　それとも、他に理由があるのかしら」

「それは……とにかく、私は奥様のお傍を離れるわけにはまいりませんので」

「ねえアンナ、貴方はいつからジェームズの侍女になったの？」

「え……」

「答えなさい。この家の女主人は誰？」

「……奥様です」

「なら、その私が命じます。肖像画を探してきなさい。今すぐに！」

アンナはむっとした顔で、足早に部屋を出て行った。

セシリアは彼女が廊下の向こうに消えるのを確認してから、扉を閉めてバークリー商会の者たちに事情をすべて打ち明けた。

この家では嫁いだ時から、ありとあらゆる面で「旦那様の大切な幼馴染」であるアンジェラが優先されていること。屋敷の改装もアンジェラ主導で行われたこと。アンジェラが嫌がるので、セシリアは貴婦人としての社交すらさせてもらえないこと。女性使用人たちも皆アンジェラの味方であること。子供が生まれたらアンジェラが命名してママと呼ばせる予定であり、子供の教育方針すら全てアンジェラ主導になりそうなこと。屋敷を出ようにも男性使用人たちに監視されていること。

「そんな酷いことが……」

セシリアの語った内容に、商会の者たちは絶句していた。

「だからお願い、私を助けて欲しいの」

「もちろんお助けしますとも。それでは私たちが屋敷を出るまでの間、見本布を入れてきた箱の中にお入りください」

商会の者たちは力強く請け合った。

やがてアンジェラについていた商会の者から、アンジェラの衣装選びが一段落したと知らせが入った。幸いアンナは肖像画探しに手間取っているらしく、まだ部屋に戻ってきていない。

出るとしたら、今だろう。

「それでは、窮屈《きゅうくつ》でしょうがしばらくの間ご辛抱ください」

「ええ、分かったわ」

セシリアが箱に入ってじっと息をひそめていると、箱がふわりと持ち上げられて運ばれていくのが分かった。

階段を降りて、廊下を通り、もうそろそろ玄関ではなかろうかと思ったところで、聞き慣れた甘ったるい声が箱の外から響いてきた。

「あら貴方たち、今帰るところなの？」

「はい、アンジェラ様。セシリア様の衣装選びも先ほど終わりましたので、我々はこれで失礼いたします」

「ふうん、セシリアさんは何着くらい仕立てることになったのかしら」

「五着でございます」

「あら、少ないのね。私なんか十五着も注文したのに」

「アンジェラ様にはたくさんご注文いただいて心より感謝しております。今後もどうぞ御贔屓《ごひいき》にお願いいたします」

「ふふ、贔屓《ひいき》にするかどうかはドレスの出来栄え次第ってとこかしら。楽しみにしてるから、早く仕立ててちょうだいね！」

「かしこまりました」

アンジェラとのやり取りが終わり、ようやく屋敷を出られると思いきや、今度は「やあ、君たちがバークリー商会の人たちか」というラルフの声が響いてきた。

「セシリアに聞いたけど、バークリー商会のドレス工房はとても人気があるんだってね。うちの女性陣のために、飛び切り素敵なドレスを仕立ててくれたまえ」

「はい、それはもう、誠心誠意努めさせていただきます」

「うん、よろしく頼むよ。予定より早く仕立ててくれたなら、多少礼金を弾んでもいいと思ってるんだ」

「ありがとうございます。できる限り対応させていただきます。それでは失礼いたします」

商会の者が恭《うやうや》しい口調で応じると、ラルフとアンジェラはようやく満足したらしく、その場を立ち去る気配がした。

そして箱が玄関から運び出されようとした、その瞬間。

「奥様はどうなさったのですか？」

セシリアが最も恐れていた人物の声が響いてきた。

(ジェームズだわ……！)

セシリアは思わず悲鳴をあげそうになったのを、すんでのところで飲み込んだ。

「奥様は久しぶりの衣装選びで疲れたとおっしゃって、部屋でしばらくお休みになるとのことでした」

商会の者は落ち着いた声で返答した。

「侍女のアンナも一緒ですか？」

「さあ、そうだと思いますよ」

「そうですか……。ところで、その箱は随分と重そうですね」

「ええ、見本布がぎっしり詰まっていますから。ガーランド家の方々に色々ご覧いただきたくて、張り切ってたくさん持ってきてしまいました」

「なるほど。中を拝見してもよろしいですか？」

「え？　この箱の中をですか？」

「ええ、私は衣装選びの場に同席しなかったので、最新流行の布地とはどんなものか見てみたいと思ったのですが……開けるとなにか不都合でもあるのですか？」

ジェームズが探るように問いかける。

「いいえ、とんでもございません。そういうことなら喜んで！」

商会の者は愛想良く答えると、「どうぞ、ご覧になってください」という言葉と共に、セシリアの入っている箱のふたを開いた。

第五章　追手からの逃走

しばらくの間、沈黙が続いた。

永遠とも思える数秒間ののち、ジェームズは嘆息《たんそく》するように言った。

「……いや、実に美しいものですね。無理を聞いていただいて、ありがとうございます」

「どういたしまして。今後とも御贔屓《ごひいき》にお願いいたします」

商会の者はなにげない口調で言うと、しっかりと蓋を閉じた。

そして箱はようやく再び動き出した。

（念のために布をかぶっておいて本当に良かった……）

セシリアは箱の中でこっそり安堵《あんど》の息をついた。

布をめくって内部をかき回されたら一巻の終わりだったが、さすがのジェームズもそこまでするのはためらわれるものがあったのだろう。

また商会の者が一切動揺を見せることなくあっさりと要求に応じたことで、拍子抜けした面もあったのかもしれない。その点はやはり海千山千のバークリー商会といったところか。

やがてセシリアの入った箱は玄関から運び出されて、そのまま馬車に乗せられたのが分かった。

御者《ぎょしゃ》の声が響き、馬車がゆっくりと動き出す。

馬の立てる軽快な蹄《ひづめ》の音。車輪がガラガラと回る音。

「セシリア様、もうお出になって大丈夫ですよ」

言葉と共に蓋が開いた瞬間、セシリアは大きく息を吐きだした。

「ごめんなさい。足がしびれて、うまく起き上がれないわ」

セシリアが言うと、商会の者が「失礼します」の言葉と共に、上から引っ張り上げて、そのまま席に座らせてくれた。

「大丈夫ですか？　セシリア様、狭いところに押し込めて申し訳ありませんでした」

「謝罪なんてとんでもないわ。本当に助かったわ、ありがとう」

セシリアが乱れた髪を整えてから、窓越しに恐る恐る後ろを見やると、木々の向こうにガーランド邸が小さく見えた。

(脱出できたのね……)

離れていく。

遠ざかっていく。

牢獄のように思われたガーランド邸からこんなにもあっけなく逃げられたことが、セシリアは信じられない思いだった。

「危険な真似をさせてごめんなさいね。私があくまで自分の意思で出て行くことはちゃんと手紙に書いて置いてきたし、今後商会の仕事に差しさわりが出るようなことは絶対ないようにするつもりだから」

セシリアが言うと、バークリー商会の者たちは「そんなことは気になさらないでください」と頼もしい微笑を浮かべて言った。

「没落しかけの侯爵家に睨まれたくらいでどうにかなるほど、我が商会はやわではありませんよ」

「そうですとも。それに我々はこれまでセシリア様のお父様にはひとかたならぬお世話になりましたから、これくらいお安い御用です」

「もし商会長がこの場に居たら、身命を賭《と》してお嬢様をお助けしろと言うはずです」

「ありがとう、みんな本当にありがとう」

セシリアは彼らの思いに胸が熱くなるのを感じた。

その後はしばらくの間、セシリアは快適な馬車旅を楽しんだ。

商会の馬車はガーランド家のものよりも揺れが少なく、心地良い。同行する商会の者たちは、皆親身にセシリアを気遣ってくれる。

自分を嘲《あざけ》ったり、敵意に満ちた目で見つめたりしない相手と過ごすのは、なんと快いことだろう。

とはいえ、このままサザーランド領までバークリー商会に送ってもらっていいものだろうか。

セシリアがいないことはほどなくしてガーランド家の者たちに露見することだろう。ラルフやアンジェラの反応はさておいても、老執事のジェームズはすかさず追手を差し向けるはずだ。従僕たちがガーランド家所有の馬を飛ばして追ってきた場合、こちらは馬車である以上、どうしても速度は不利になる。

（そして戦力的にもたぶんこちらの方が不利だわ）

ガーランド家にはマイケルやロナルドをはじめとする屈強な男性使用人が何人もいる。

こちらにも当然護衛はついているが、この辺り一帯は比較的治安のいい場所であるため、人数的には多くない。従僕たちが強引に押し入ってきた場合、力づくで追い払えるだけの戦力はおそらく、ない。

そしてガーランド邸に連れ戻されて、無理やりにでも既成事実を作られてしまえばすべては終わりだ。この国の法律上、ラルフの妻であるセシリアは、彼に手籠《てご》めにされても文句を言えない立場なのである。

「――ねえ、ここから一番近い宿場町までは、あとどれくらいで着くのかしら」

セシリアは商会の者に問いかけた。

「あと二時間くらいだと思いますが、そこでいったん休憩をお取りしますか？」

「ううん、そうじゃなくて、私はそこでみんなとお別れして、別の馬車で王都に向かおうと思っているの」

「え、なにをおっしゃっているのですか。セシリア様が王都に行かれるのなら、我々がちゃんと王都までお送りしますよ」

商会の者が驚いた顔で聞き返す。

「そうしてもらいたいのは山々だけど、このまま一緒にいれば確実にガーランド家の追手に捕まってしまうわ」

「ですからそのときは、我々がみんなで命を懸けてセシリア様をお守りしますよ。いざとなったら裁ち鋏《たちばさみ》だって立派な武器になるのですから」

「そんな無茶なことはさせられないし、しても意味がないと思うわ。それよりも別行動をとった方が逃げきれる可能性が高いと思うの。私は王都に向かうから、みんなはそのままサザーランド領へと向かってちょうだい。ガーランド家の者たちは商会の馬車を追ってくるはずだから、私が王都に着くまでの間、できるだけ時間を稼いで欲しいのよ」

「なるほど、つまり我々は囮《おとり》になればいいのですね？　心得ました。そういうことなら喜んで！」

商会の者たちは、得心した、という風にうなずいた。

「それで悪いんだけど、王都まで護衛をひとり貸してもらえないかしら」

「ええもちろん、うちの護衛の中で一番の腕利きをお貸ししますよ。追手の件は別にしても、道中はなにかと物騒ですからね」

「ありがとう。助かるわ」

セシリアは心から感謝した。ガーランド家の追手をまいて、代わりにならず者にでも襲われたら目も当てられない。貴族用の馬車を借りて行けばそこまで危険はないと思うが、やはり用心に越したことはないだろう。

そんな形で一件落着と思いきや、宿場町に着いたところでとんでもない事態が判明した。

なんと貴族用の馬車はすべて出払っており、明日になるまで帰ってこないというのである。

「明日なんてとても待てないわ。他に乗れそうな馬車はないのかしら」

「実はその、庶民向けの乗り合い馬車が一時間後に王都に向けて出発するらしいのですが……」

商会の者は言いづらそうに口ごもった。

「それでいいわ。まだ空きはあるの？」

「あるにはあるのですが、乗れるのはあと一人だけなんだそうです」

「あと一人……」

つまりセシリアは護衛なしで王都まで行かねばならないということだ。

貴族用の貸し切り馬車ならいざ知らず、乗り合い馬車で若い女性の一人旅なんて、襲ってくれと言っているようなものである。庶民だって堅気《かたぎ》の女性ならばやらないだろう。やるとしたら流しの娼婦か、訳ありか。

どうしよう。どうすればいい？

思い悩んだのは一瞬だった。

「それでいいわ、席を取ってちょうだい」

「セシリアお嬢様、しかし――」

「それからこの宿場町にはガーランド商会の常宿があるわよね？　そこの女将さんに交渉して、下男の衣服と帽子、それから鞄を買い取ってちょうだい。口止め料としてたっぷりお金を弾んでね。それから炭も持ってくるように言って欲しいの。時間がないから急いでちょうだい」

セシリアは決然とした口調で言った。

◇　◇　◇

一時間後。乗り合い馬車は定刻通りに、王都に向けて出発した。

この馬車は宿場町で馬を取り換えながら、ほとんど休まずに進むので、王都まで三日もあれば着くという。その間、乗客たちは寝るのも食事も全て馬車の中で済ませることになっており、その無茶な仕様から、乗客はセシリアを除けば皆屈強な男性ばかりだ。

古い馬車は揺れが酷く、座っているだけで身体が痛くなりそうなほど。

これが三日三晩続くのかと思うと暗澹《あんたん》たる気分にさせられるが、追手に捕まるよりはましだと考えるほかないだろう。

とにかく王都に着きさえすれば、従兄のアイザック・スタンレーがいる。宰相の右腕と言われるアイザックならば、ガーランド侯爵家の追手からでもセシリアを匿《かくま》うことが可能である。

（結局アイザック兄様に迷惑をかけてしまうことになったわね……）

セシリアは座席の端に身を寄せながら、アイザックからもらった指輪をポケットの中で握りしめた。

『――これは私の身分を表すものだから、これを王都や直轄領《ちょっかつりょう》の役所で見せれば、私の関係者だと証明できる。いざというときはこれを使って欲しい』

『――頼む、君に持っていてほしいんだ』

ただの社交辞令かもしれない。

ただの従兄、それも長らく疎遠《そえん》だった相手をこんな風に頼るなんて、あまりに非常識かもしれない。それでも今のセシリアはアイザックを頼みにするよりほかにない。

それにアイザックならば、けしてセシリアを突き放したりしないとの確信があった。

野犬に囲まれて泣いているときに、駆け付けて追い払ってくれたアイザック。

足をくじいて歩けないときに、負ぶって連れ帰ってくれたアイザック。

いつだってセシリアを守ってくれた頼もしい従兄。しかしあるときから妙に距離を置かれてしまい、自分はなにかしただろうかと思い悩んでいたのだが――

セシリアが物思いにふけっていると、ふいに斜め向かいの中年男がセシリアに話しかけてきた。

「なあ坊主、お前も王都に行くのか？」

男の顔は濃いひげに覆われており、ぷんと酒の臭いがこちらにまで漂ってくる。セシリアが無言のままうつむいていると、男は「なんだ、口がきけねぇのかよ。つまらねぇ」と舌打ちし、鞄から酒瓶を取り出してラッパ飲みし始めた。

男が自分に対する関心を失ったことを横目で確認して、セシリアはほっと息をついた。

今のセシリアは白い膚《はだ》を炭で汚し、長い髪は固く結い上げて帽子に隠している状態だ。継ぎの当たったただぶだぶの上着とズボンに身を包んだセシリアは、ぱっと見には庶民の少年にしか見えないだろう。

とはいえ声を出せば一発でばれるし、出さなくても間近で顔を覗き込まれたりしようものならない。
一巻の終わりだ。護衛もいない若い女の一人旅と知られたら、柄の悪い男たちから一体どんな扱いを受けるものやら。闇雲に他人を疑うのは良いことではないが、今の状況下では警戒するにしくはない。

セシリアは帽子を目深にかぶり、ただひたすら身を縮めて目的地へ着くのを待ちわびた。

昼間は延々と馬車に揺られ、夜は他の乗客たちとともに馬車の中で休息をとる。乗客たちは皆旅慣れた様子でいびきをかいていたが、セシリアは恐怖と警戒心から、一睡もすることができなかった。

そして三日三晩の強行軍のあと、ようやく王都にたどり着いたときには、疲労と寝不足でほとんど倒れそうだった。

（やっと着いたわね……！）

セシリアは万感の思いを胸に、街へと足を踏み出した。

いったん宿を取って休みたいという衝動に駆られたものの、ここまで来て追手に捕まる可能性を思えば、やはり一刻も早くアイザックと連絡を取った方がいいだろう。

（だけど連絡を取るためには、どこに行ったらいいのかしら）

アイザックが勤めているのは王宮だが、今の身なりでいきなり王宮に行っても、まともに取り合ってもらえるか心もとない。まずはもう少し庶民的な公的機関に行ったうえで、指輪を見せてアイザックに連絡を取ってもらうのが無難だろうか。

（庶民的な公的機関と言えば、やっぱり騎士団の詰め所よね。あそこなら庶民の少年が行っても話くらいは聞いてくれるだろうし。ええと、ここから一番近い詰め所は――）

そんなことを考えながら歩いていたとき、ふと、背後に人の気配を覚えた。

振り向くと、一メートルも離れていないところに、あのひげ面の男が下卑《げび》た笑みを浮かべて立っている。

まさか後をつけてきたのだろうか。

「よお坊主、偶然だな。お前もこっちの方に用事があるのか？」

男はそう言いながら、一歩こちらに踏み出した。

セシリアはぺこりと頭を下げると、そのまま速足で歩き出そうとし――いきなり腕を掴まれて、後ろにひっくり返りそうになった。思わず口から悲鳴が漏れる。

「その声、お前やっぱり女だな？」

「……離しなさい」

「そうじゃねぇかと思ってたんだよ。なぁ、俺と一緒に来いよ。悪いようにはしねぇから」

男はぐいと腕を引き、そのまま抱き寄せようとする。

「離しなさい！」

「しかも結構べっぴんじゃねぇか。なぁ、なんか訳ありなんだろ？　俺がいいところに連れてって――」

セシリアは引き寄せられるふりをして、男の顔面に思い切り鞄を投げつけた。

「こいつ……！」

腕が緩んだすきに、セシリアは男を振り払って無我夢中で駆けだした。

細い路地を何度も曲がり、男の腕を何度もすり抜け――しかし女の足で下町の男から逃げ続けるのは、やはり体力的な限界があった。ただでさえ今のセシリアは、慣れない乗り合い馬車の旅で疲労困憊《こんぱい》なのである。

(苦しい、誰か、誰か……)

足がもつれる。喉が痛む。心臓が今にも破裂しそうだ。

背後に酒臭い息を感じ、もう駄目だと思った瞬間、辺りを制する声が響いた。

「おい貴様！　そんな子供になにをしている！」

朗々と響く低い声。

セシリアを追って来た男は、「いや、俺ァ別に……」などともごもご弁解しながら、慌てて退散していった。

「全く、この辺りの治安はどうしようもないな。やはり騎士団の予算を増やすべきか……。君、追われていたようだが、あいつに何を……」

新たに現れた男性はそう言いかけて、ふいに息を呑《の》んだ。

そして数秒の沈黙ののち、おそるおそる問いかける。

「……セシリア？」

荒く息をついていたセシリアは、その声にゆるゆると視線をあげた。

「アイザック兄様……？」

そこにいたのは紛れもなくアイザック・スタンレー――ガーランド邸を出てからずっと会いたかった相手、「アイザック兄様」その人だった。

「セシリア！　やっぱりセシリアだね？」

ああ、こんな場所で、こんな姿で、なぜすぐに気づいてくれるのだろう。

「そんな酷い恰好をして、一体なにがあったんだ？　ガーランドくんは――」

アイザックの声が遠くなる。

こみ上げる安堵《あんど》感の中、セシリアは崩れ落ちるようにそのまま意識を失った。

◇　◇　◇

目を覚ますと、小ざっぱりした部屋のベッドに寝かされていた。白を基調とした室内は、いかにも機能的で無駄がない。ここはどこかの病院だろうか。

「おお、気がつかれましたか！」

セシリアが辺りを見回していると、医師と思しき白髪の老人が駆け寄ってきた。

「ご気分はどうですか？　どこか痛むところはありませんか？」

「大丈夫です。あの、ここは」

「騎士団の詰め所にある医務室ですよ。スタンレー補佐官が貴方をここに連れてこられたのです。今は部屋の外でお待ちですから、すぐにお呼びして来ますね」

ほどなくして、入れ替わるようにアイザックが部屋の中に入ってきた。

「セシリア！　良かった、気が付いたんだね！」

夢でも幻でもないアイザック、優しくて頼もしい従兄のアイザック・スタンレーが目の前にいて、セシリアのことを気遣っている。それを理解した瞬間、セシリアは彼の胸に飛び込んで大声で泣きじゃくりたい衝動に襲われた。

実際、かつて野犬から助けてもらったときは、アイザックの胸でわんわん泣いたものである。

しかし今の自分は幼子ではなく、一応仮にも人妻だ。セシリアは涙をこらえて、「ご心配をおかけしました」と微笑んで見せた。

「ちょっと疲れと寝不足で倒れてしまっただけですの。少し休んだおかげか、もうすっかり良くなりました」

「そうか、ああ本当に良かった……。それで、一体なにがあったのか訊《き》いてもいいかな？」

「はい。お恥ずかしい話なんですけど、実は――」

セシリアはこれまでの経緯をかいつまんで説明した。

アイザックは真剣に耳を傾けながら「なんてひどい」と憤慨《ふんがい》したり、「なんという無茶を」と青くなったりしていたが、聞き終えると、「無事でよかった、本当に良かった」としみじみとした調子でうなずいた。

「――しかし、あの男は許せないな。結婚式の時からセシリアをないがしろにして気にくわないやつだったが、まさかそれほどの屑《くず》だとは思わなかった。あの病弱ぶった幼馴染とやらも胡散《うさん》臭いと思ってたんだ」

「実は私も結婚式のときから少し不安だったんです。だけど大丈夫だって必死に思い込もうとしていました。あんな方を信じようとしていたなんて、我ながら愚かだったと思います」

「それは仕方ないよ。大となる人間を信じようとするのは当然のことだ。悪いのはその真心に付け込んだ奴らの方だよ。……それにしても、結婚式の当日になるまでアンジェラ嬢の存在を隠しておくなんて、つくづくやり方がいやらしいな」

アイザックの言葉に、セシリアはふと疑問を覚えた。

(あの方にそこまで気が回るかしら……)

今考えても、ラルフはセシリアがアンジェラを受け入れて当然だと本気で信じていた節がある。引き返せない状況になるまでアンジェラの存在を伝えなかったのは、ラルフとは別の誰かの意思を感じるが、それが誰かは分からなかった。

「そういうわけで、アイザック兄様に頼ることにしたんです。ご迷惑をおかけするのは心苦しかったんですけど、他に頼る相手が思いつかなくて……」

「なにを言ってるんだ。危機に陥ったときに真っ先に私を頼ってくれて、私がどんなに嬉しいか分かるかい？」

「ありがとうございます。アイザック兄様ならきっと助けて下さるって信じてました」

「ああセシリア、私は……！」

アイザックは感極まった様子でなにかを言いかけたものの、ふと我に返ったように口をつぐんだ。

そして「いや、焦るな」「セシリアは人妻」「とにかく離婚が成立してから」と一人でぶつぶつ呟いている。

「あの、アイザック兄様?」

「——いやすまない。なんでもないよ」

アイザックは軽く咳払いした。

「……ところで一応確認したいんだが、セシリアはラルフ・ガーランドと離婚したいと思ってるんだね?」

「はい。あの方ともガーランド家とも、一刻も早く縁を切りたいと思っています」

「そうか! 私も大賛成だよ。それなら君に紹介したい人間がいるんだ」

「紹介したい人間?」

「ああ、私の学生時代からの友人でね。きっと役に立つはずだ」

その後、ブティックに寄って簡単に身支度を済ませたあと、セシリアはアイザックの友人、ギルバート・オブライエンに引き合わされた。小太りで地味な顔立ちながら、どことなく知的な雰囲気のある青年で、なんでも王都でも一、二位を争う腕利きの弁護士だとのこと。

「初めまして、セシリア夫人。お会いできて嬉しいです。貴方のことはアイザックからしょっちゅう聞かされてますよ」

ギルバートは愛想の良い口調で言うと、「貴女の結婚が決まったときなんか、散々やけ酒に付き合わされたものですよ」と苦笑しながら付け加えた。

「私の結婚で、アイザック兄様がやけ酒を？」

「ギルバート、余計なことを言わないでくれ！」

アイザックが慌てたように割って入った。

「それより、今日来たのは他でもない、弁護士としての君のアドバイスが欲しいんだ。セシリアは夫のガーランド氏との離婚を望んでいるんだよ」

「ガーランド氏と離婚を？　そうなのですか？」

ギルバートはセシリアの方に向き直って問いかけた。

「はい。心からそれを望んでいます」

「分かりました。貴族同士の正式な離婚が認められるためには、王立裁判所の許可が必要です。まずは書類を作って王立裁判所に提出しましょう。それが受理されたあとで裁判所の方から写しをガーランド家に送ってくれます。それで仮にガーランド氏が異議申し立てをしなければ、そのまま許可が下りるはずです」

「おそらく、夫は異議を申し立てると思います」

サザーランド家の援助がなければ、ガーランド家は立ち行かない。ラルフ個人の意思というより、ガーランド家の意思として、離婚は絶対に認めないだろう。

「それでは裁判で許可を勝ち取るために、戦う準備もしておきましょう」

「はい。よろしくお願いします」

「それじゃギルバート、すぐに書類を作ってくれ。こういうのは早い方がいい。それから伯父上にも手紙を送って事情を説明しないとな。通常の郵便じゃなくて早馬を使おう」

アイザックが横から口を挟んだ。

「ありがとうございます。アイザック兄様」

「大丈夫だよセシリア。なにがあっても私が付いている」

「はい」

来るべき戦いに備えて、セシリアは己に気合を入れ直した。

第六章　一方、ガーランド邸では

ここで話は五日間ほどさかのぼる。バークリー商会が帰ってから数時間後。ラルフが執務室でのんびりと貴族新聞を読んでいると、真っ青な顔をしたジェームズが、折りたたまれた便せんをもって駆け込んできた。

「旦那様、申し訳ございません！　私の不手際でとんでもないことになってしまいました！」

「おいおい、ジェームズともあろうものがそんなに慌てふためいて、一体なにをやらかしたんだ？」

「とにかくこれをご覧ください……！」

ジェームズは震える手で持っていた便せんを差し出した。ラルフは不安な思いでその内容に目を通し、思わず呆れた声を上げた。

「……なんだ、これは？」

そこには明らかにセシリアの筆跡で、自らの意思で実家に帰る旨が、署名入りで記されていた。

「見ての通り奥様の置手紙ですよ。どうやらバークリー商会の者たちと一緒に屋敷を出ていかれたようなのです。侍女のアンナを見張りにつけていたのですが、どうも目を離していたようで……本人はごちゃごちゃ言い訳しておりますが、全く使えない女です。分かってすぐにマイケルたちにあとを追わせたので、数日中には連れ戻せるとは思うのですが……」

「ふうん、でもこんな手紙があるってことは、別に誘拐《ゆうかい》されたわけではないんだろう？」

「はい。ですが――」

「それなら、別にそんなに騒ぎ立てることもないんじゃないかな。放っておけばそのうち帰ってくるだろうし」

「なにをおっしゃってるんですか旦那様。奥様はもう戻ってこない覚悟のうえで出て行かれたに違いありません」

「お前こそなにを言ってるんだジェームズ、そんなわけがないだろう？」

困惑の表情を浮かべるジェームズに、ラルフは思わず苦笑した。どうやらジェームズはなにも分かっていないらしい。この年まで独身の彼は男女の機微に疎いのだろう。

「いいかジェームズ、セシリアは私の気を引きたくてこんな真似をしたんだよ。最近彼女はちょっと調子に乗っていて、屋敷の内装を変えたいとか、二人きりで外出したいとか、あれこれ無茶なことばかり言っていた。それなのに私が応じないものだから、私にあてつけるために黙って家を出たんだろう。私が青くなって迎えに来てくれるのを内心期待してるのさ」

「そんな風には思えませんが――」

「ジェームズ、お前は分かってないんだよ」

ラルフは確信に満ちた口調で言った。

「セシリアは心から私を愛している。このまま帰ってこないなんて、そんな馬鹿なこと絶対にあるわけがない。いつまで待っても私が迎えに来ないと分かれば、いずれ気まずそうな顔で戻ってくるよ。そうなったときに、我々は優しく彼女を迎えてやればいい」

「……確かに旦那様のおっしゃる通りかもしれません。ですが万が一ということもございますので、奥様の捜索は継続したいと思います」

「分かったよ。心配性だなジェームズは」

「それから王都や他の町へ向かう街道にも捜索隊を出したいのですが、あいにく人数が足りません。ガーランド家の名で近隣の親族や町の者たちに応援を要請したいので、そのための許可をいただけますでしょうか」

「それはさすがに勘弁してくれ。伝統あるガーランド家当主ともあろう者が妻の一人も御《ぎょ》せないなんて、周囲に知られたらいい笑いものになってしまう」

「しかし――」

「ジェームズ、お前は我がガーランド家の名前を汚すつもりなのか？」

ラルフがぴしりというと、ジェームズはしぶしぶ引き下がった。

その日の夕食は久しぶりにアンジェラと二人きりでとることになった。

アンジェラは「黙って屋敷を抜け出すなんて、セシリアさんにも困ったものねえ」とため息をついた。

「ああ、まったくだ」

「お金持ちの伯爵家で甘やかされて育ったのよ。なんでも自分の思い通りにならないと気が済まないんだわ」

「確かにそういうところはあるかもな」

「そんなことじゃ、この先ガーランド家の奥様としてやっていくのは難しいんじゃないかしら」

「そうだな。セシリアには少し教育が必要なのかもしれないな」

セシリアが帰ってきたら、もう馬鹿な真似をしでかすことのないように、夫としてセシリアを教え導いてやらなければ――ラルフはそう決意した。

しかし意外なことに、それから数日たってもセシリアは戻ってこなかった。

ジェームズによれば、マイケル達は家を出た三日後にバークリー商会の馬車に追いついたものの、セシリアは同行しておらず、商会から「余計な言いがかりをつけないでほしい」と正式に苦情を申し立てられたとのことだ。

アンジェラは「あまりあそこと揉めないで欲しいわ。ドレスの仕上がりに影響が出たらどうするのよ！」とお冠《かんむり》で、それをなだめるのになかなか手を焼かされた。

それもこれも、元をただせば全てセシリアの我が儘《まま》のせいだ。帰ってきたらしっかりお灸《きゅう》をすえてやらねばなるまい。

（それにしても、そろそろ帰ってきてもいいころなんだけどな……）

そして次第にいら立ちを募らせていたある日のこと。ラルフが執務室でお茶を飲んでいると、土気色の顔をしたジェームズが、一通の封書をもって駆け込んできた。

「旦那様！　とんでもないことになってしまいました！」

「おいおい、ジェームズともあろうものがそんなに慌てふためいて――」

「とにかく！　とにかくこれをご覧ください！」

ジェームズが震える手で差し出した封書、それは白い結婚を理由とした離縁状だった。

「セシリア……いくら私の気を引きたいからと言って、いくらなんでもこれは……」

「しっかりしてください旦那様！　この離縁状は写しです。原本はすでに王立裁判所に届け出済みということです。白い結婚が理由なら、こちらの同意がなくとも離縁が認められますから……奥様は本当に旦那様と別れるおつもりなのです」

「いや、しかしセシリアは……まさかそんな」

「やはりあのとき大掛かりな捜索を行って、なにがなんでも奥様を連れ戻すべきだったのです！ああ、サザーランド家からの援助がなくなれば、我がガーランド家はおしまいです」

「いや、待て……そうか！」

ラルフははっと目を見開いた。

「ジェームズ、これはセシリアの意思ではない。業突く張りの父親だ。セシリアはあの父親に監禁されてるんだ」

「サザーランド家の当主さまにですか？」

「そうだ。あそこの当主は貴族というより商売人だからな。おそらく私との婚約がととのったあと、彼にとってもっと旨味のある嫁ぎ先を見つけたんだろう。そこで勿体ないことをしたと残念がっていたところにセシリアが帰ってきたものだから、これ幸いと閉じ込めて、無理やりに離縁させようとしているに違いない」

「え、それはちょっと……どうでしょうか」

「間違いなくそうだよ。あの男は娘の意思や幸せよりも己の商売の方が大切なのさ」

ラルフは忌々し気に吐き捨てた。

「可哀そうに……きっとセシリアは今ごろ泣いているな。やはりお前の言う通り、あのときなにがなんでもセシリアを連れ戻してやるべきだった」

強欲な父親に閉じ込められ、涙にくれながらラルフの名を呼ぶセシリアの姿がありありと目に浮かぶようだった。

「サザーランド邸に監禁されているセシリアを救い出しに行かなければならないな。ジェームズ、すぐに支度しろ！」

「お待ちください。それより裁判の準備をした方がよろしいのではないでしょうか。まずは異議申し立てのための書類を作って、使用人たちにも余計なことを言わないようにしっかり口止めをして……そうだ、南の領地にいらっしゃる大旦那様や大奥様にもお知らせしないといけません。ああそれから、奥様を紹介してくださったレナード公爵にも連絡を取って、裁判ではぜひ協力を――」

「そんな面倒は必要ないよ。そもそも裁判になんてならないさ」

「と、おっしゃいますと？」

「そうなる前に、私がセシリアをサザーランド家から救い出すからだよ。そしてセシリア本人が王立裁判所に行って正式に訴えを取り下げれば、いくら父親と言えどどうすることもできないさ！」

ラルフは姫君を助け出す勇者になったような高揚感に包まれながら、自信満々に言い切った。

◇　◇　◇

ラルフは「ラルフがいないと寂しいわ！」とごねるアンジェラをなんとかなだめすかしてから、サザーランド領へと出発した。そして馬車を乗り継いでようやくサザーランド邸に到着したころには、さらに六日が経過していた。

門番に名乗って取次ぎを頼むと、ややあって執事が出迎えに現れた。

「どうぞ。旦那様がお会いになるそうです」

「私は妻に会いに来たんだが」

「セシリア様は屋敷におられません」

「まさか、そんなはずが――」

「旦那様が応接室でお待ちですので、こちらにどうぞ」

執事は冷たい口調で言い捨てると、先に立って歩きだした。

この家の執事はこんなに不快な男だっただろうか。以前会ったときは温かく感じのいい男だったのに、今の彼は冷淡な態度を隠そうともしない。ラルフに向けた眼差しは、まるで仇に対するそれだった。

ラルフはもやもやした思いを抱えながら、執事のあとに続いて邸内へと足を踏み入れた。

サザーランド邸内部の装飾は重厚で品が良く、ラルフは我が家のピンクの壁紙とカーテンと引き比べて、セシリアの言った「場末の娼館」という言葉が今さらながらに理解できた気がした。

（やっぱりあれはやり直そう。帰ったらセシリアに選ばせてやろう）

セシリアがどんなに喜び自分に感謝するかを想像して、ラルフは少し良い気持ちになった。

応接室に入ったところ、待っていたのはサザーランド伯爵だけではなかった。伯爵とその妻、嫡男のリチャード、それに次女のエミリアも同席していた。

エミリアはセシリアによく似た愛らしい女性で、以前顔を合わせた際には、「姉をよろしくお願いしますね」とラルフに微笑みかけてきたものである。しかし今のエミリアは、まるで生ごみに対するような冷たい視線を向けて来た。

先ほどの執事と言い、何故こんな扱いを受けねばならないのか。

ラルフが居心地の悪い思いを味わっていると、サザーランド伯爵が「さて、本日はどのようなご用件ですか」と冷たい口調で問いかけた。

その剣呑《けんのん》な空気に一瞬のまれそうになりながらも、ラルフはなんとか胸を張って返答した。

「決まっているでしょう、妻のセシリアを迎えに来たんです！」

「裁判所から離縁状の写しが送られているはずですが、まさか届いていないのですか？」

「確かに届きました。しかしあれはセシリアの意思ではありませんよね」

「は？」

「離縁状は貴方が勝手に出したものでしょう？」

「いえ、まさか。あれは間違いなくセシリア自身の意思ですよ。あの子は貴方と離縁したくて、ガーランド邸を出たのですから」

「そんなわけがありません」

「そうおっしゃる根拠はなんですか？」

「私たちが愛し合っていることです！」

ラルフはきっぱりと言い切った。

するとサザーランド一族は互いに顔を見合わせて、なにやらひそひそと囁《ささや》きかわした。「こいつ、頭大丈夫か？」「なにかとんでもない思い違いをなさってるんじゃないかしら」「お父様、なんでこんなのとお姉様を結婚させたの？」「まさかここまでとは思わなかったんだ」という声が漏れ聞こえて、ラルフは顔が紅潮するのを感じた。

何故こんな辱めを受けねばならないのか。

「とにかくセシリアに会わせて下さい！　まだ王立裁判所の許可が下りてない以上、セシリアは今も私の大切な妻です。実の両親と言えど、夫が妻に会うことを邪魔する権利はないはずです。娘を監禁して無理やり離縁させるなんて、恥ずかしいとは思わないのですか？」

「まあ落ち着いてください。会わせるもなにも、セシリアはこちらに来ていないのです」

伯爵は苦笑を浮かべて言った。

「どういうことですか？」

「セシリアは今王都に居ます」

「王都に？」

「離縁状はあの子が王立裁判所に直接提出したものです。私もつい先日セシリアから手紙で事情を知らされましてね。手紙で『もし貴方がサザーランド邸に来た場合は、これを渡してほしい』と頼まれていますので、お渡ししておきますね」

渡されたのはギルバート・オブライエンという弁護士の名刺と、今後の話し合いはここを通してほしいと言う要望の記されたメモだった。

「王都の法律事務所……？」

「はい。先ほど申し上げた通り、セシリアは今王都にいるのです」

「だからここにはいないと？　そんなこと、とても信じられませんね」

「お疑いならどうぞ、いくらでも邸内をお探しください」

「そうさせていただきます。妻を連れて帰るのは、夫である私の権利ですから」

ラルフは控室で待たせていた従僕たちも呼び寄せて、一緒に屋敷じゅうを見て回った。

地下の酒蔵から夫人のクローゼットまで丹念に調べつくしたが、セシリアの姿は見当たらなかった。

「さて、いい加減納得していただけましたか？」

サザーランド伯爵は冷めた眼差しで言った。

「先ほど申し上げた通り、セシリアはここに来ておりません。あの子は追手を撒くために、我が家ではなく王都に向かったんですよ」

「そうです。あの子は貴方に捕まりたくなくて、それだけ必死だったんです！」

横からサザーランド夫人が言い添える。

「それだけ本気で逃げたかったってことだよ。もうあんたのところには金輪際帰りたくなかったんだろうな」

「そうよ、セシリアお姉様にあれだけひどい仕打ちをしておいて、愛し合っているなんて良く言えるものだわ。恥を知りなさい！」

嫡男のリチャードと次女のエミリアも言い添える。

そしてラルフ達一行はそのままつまみ出されるようにして、サザーランド邸から追い返された。

◇　◇　◇

這う這うのていでホテルに戻ったラルフは、しばし放心状態だった。

（セシリアがサザーランド邸じゃなくて王都に行った？　最初からサザーランド邸には帰ってなかった？）

ジェームズからもたらされた報告が今さらラルフの頭をよぎる。

ジェームズ曰く、従僕たちはバークリー商会の馬車に追いついて中を改めたものの、セシリアは乗っていなかったし、サザーランド邸へ至る街道沿いの宿屋をしらみつぶしに探しても、セシリアはどこにも見当たらなかったと言う。

一体どこですれ違ったのか不思議だったが、セシリアが追手を撒くために王都に向かったという話が事実なら、一応ことのつじつまは合う。

(しかしそんな……セシリアは私の気を惹きたくて実家に帰ったんじゃなかったのか? これじゃまるで、本気で私と離婚したいみたいじゃないか)

先ほどサザーランド家の者たちから浴びせられた暴言が、頭の中をぐるぐる回る。

まさかセシリアは本当に?

(いや違う、そんなはずはない。セシリアは私を愛している)

『——愛しています。旦那様』

自分を見上げる熱っぽい眼差しがラルフの胸に蘇《よみがえ》る。

そうだ。セシリアが自分を愛していないなんて、そんな馬鹿なことがあるはずない。

だって初めて会ったときから、セシリアは自分に夢中だった。

いつだって自分を愛し、自分の全てを受け入れてくれた。

愛しています、そう言って自分に微笑みかけてくれた。

セシリアになにがあったのか知らないが、彼女に直接会いさえすれば、すべての誤解は解けるだろう。

(とにかくすぐに王都に行って……いや、その前に異議申し立てをしておかないと、このままでは離婚が成立してしまう! 今からガーランド邸に戻って、書類を作って間に合うか? 期日はいつだ? ああ、一体どうすれば)

ラルフがパニックを起こしかけたとき、従僕のマイケルがおずおずとラルフに声をかけた。

「あの、旦那様、ジェームズさんから『もし奥様がサザーランド邸においでにならなかった場合、これを旦那様にお渡しするように』と言付かってきました」

差し出されたのはなにやら分厚い封筒で、中には一通の手紙と書類が入っていた。

手紙にはジェームズの几帳面な筆跡で、自分は万が一のことを考えて、一応裁判の準備を進めるつもりであること、そのために一足先に王都に行くつもりであること、ラルフの父と母にも伝えるつもりであること、離縁の異議申立書を同封するので、サインして裁判所に郵送して欲しいことなどがしたためられていた。

「ああ、ジェームズ……！」

ラルフは同封された書類を抱きしめ、思わず熱い涙を流した。

第七章　悪夢のような再会

ラルフのサザーランド邸訪問からさらに数日後。

セシリアはレストランの個室でアイザックやギルバートと共にランチを取りながら、今後について話し合っていた。

「――裁判所から連絡がありました。ガーランド氏はやはり異議申し立てをしたそうです」

ギルバートが鴨肉にナイフを入れながら報告した。

「そうですか。……それじゃ本当にあの人と裁判で戦うことになるんですね」

セシリアは嘆息《たんそく》するようにつぶやいた。

「セシリアにあれだけのことをやっておきながら離婚はしたくないなんて、つくづく厚かましい男だな」

アイザックは憤然として言ったあと、「……それで、大丈夫なのか？　ギルバート」と心配そうに問いかけた。

「うん、一か月半の白い結婚で離婚するのはちょっと難しいかと思っていたけど、聞けば婚家での扱いがなかなかひどいからね。十分に勝算はあると思うよ」

「そうか、頼んだぞ」

「オブライエン様はとても力になってくださっています。色々証言を集めたり、私のために裁判での想定問答を作成してくださったり。私も裁判での受け答えについて練習しているところですの。オブライエン様のアドバイスで裁判用のドレスも仕立てることになりました」

「裁判用のドレス？」

「ええ、裁判で好感を持たれる服装というのがあるんだそうです。私も今回初めて知ったんですけど。オブライエン様から教えていただくことは、私の知らないことばかりで新鮮です」

「彼女は頭がいいから、教えることをなんでも的確に飲み込んでしっかり応えてくれるんで、こっちも凄くやりやすいんだよ」

「まあ、オブライエン様の教え方が上手いからですわ」

「いやそんなことありませんよ。貴方の方こそ――」

「……上手くいってるのは良いけど、なんだかちょっと面白くないな」

アイザックは少し拗ねたような口調で言った。

「本当は私がもっと力になってやりたいのに、結局すべてギルバート頼みになってしまうのはなんだかちょっと切ないよ」

「まあ、アイザック兄様ったらなにをおっしゃってるんですか。私にオブライエン様を紹介してくださったのはアイザック兄様じゃないですか。私一人だったら離婚したくても、どうしていいか分かりませんでした」

セシリアは苦笑した。

「それにガーランド家から逃亡している最中も、とにかく王都に行ったらアイザック兄様に会えるって、それだけを支えにしてきたんですのよ」

「そうなのかい？」

「はい。不安になったとき、いつもお預かりした指輪を握りしめて心を落ち着けていたんです」

「そうだったのか……ああセシリア！　私は――」

「おーい、ちょっといいかな」

ギルバートが呆れたように口をはさんだ。

「仲が良いのは結構だけど、間違っても人前でいちゃついたりしないようにね。彼女はまだ一応人妻なんだから。他の男性と仲が良すぎるところが目撃されると裁判で心証が悪くなるよ。――分かってるよね、アイザック」

「分かってるよ。だから自重してるんじゃないか」

「うんうん、その調子でね」

そして食事が終わり、ギルバートは法律事務所に、アイザックは王宮へとそれぞれ引き上げることになった。

「それじゃ私も帰りますね」

セシリアが言うと、アイザックが「一人歩きは危ないから、泊まっているホテルまで送るよ」と当然のように申し出てくれた。

「ありがとうございます。それじゃホテルの前にある書店に寄りたいので、そこまで送っていただけますか」

「書店でなにか購入するのかい？」

「裁判に関する本を何冊か購入しようと思っていますの」

「書店では私の名前を出してくれたらいいよ。支払いはあとでまとめて済ませておくから」

「ありがとうございます。でも支払いは小切手が使えますから大丈夫ですわ」

「なあセシリア、本当になにも援助しなくて大丈夫なのかい？　ギルバートのところはあれで結構高額だし、そのうえドレスも作るんだろう？　私は今まで使う暇がなかったら懐にかなり余裕があるし、君のためならいくらでも」

「ふふ、アイザック兄様は心配性ですわね。でも本当に大丈夫なんですの。私はこれでも結構お金持ちですのよ」

　セシリアには祖母や大叔母から受け継いだ個人資産があるため、全てそれで賄うことが可能である。実家の父も裁判費用を出すことを手紙で申し出てくれたが、セシリアとしては「なるべく自分自身の手でラルフと決着を付けたい」と言って断っている。

「それよりアイザック兄様、しょっちゅう私に会いに来てくださるのは嬉しいんですけど、お仕事の方は大丈夫なんですか？　私を心配してお仕事に支障をきたすようなことは絶対なさらないでくださいね」

「それは大丈夫だよ。自分の分はちゃんとこなしているからね。今まで他の奴の分まで引き受けていたのをやめるようにしただけだ」

そんなことを話しながら表通りを歩いているうちに、やがて目当ての書店に到着した。

「それじゃアイザック兄様、送っていただいてありがとうございました」

「買い物が終わるまで付き合うよ。ホテルまで一人で帰るのは危ないからね」

「大丈夫ですわ。まだお昼ですし、泊まってるホテルは書店の向かいですもの」

「そうかい、でもやっぱり心配だよ」

「昼間の表通りをほんの数メートル歩くだけですから、なにも心配いりませんわ。アイザック兄様はもうお仕事に戻ってください」

セシリアが重ねて言うと、アイザックはいかにも名残惜しげに王宮の方に帰って行った。

（本当に、アイザック兄様ったらどうしてしまったのかしら）

アイザックと別れたあと、セシリアは独りごちた。

今のアイザックときたら、一時期のよそよそしさが嘘のように甘く過保護になっている。再会したセシリアがあまりに悲惨な状態だったから、すっかり心配性になってしまったのだろうか。

（あのときの私は本当にぼろぼろだったもの。アイザック兄様もびっくりなさったわよね……）

今のセシリアは名門ホテルでゆったり過ごしているし、既製品とはいえ衣装も一通りそろえたので、すっかり元のセシリアへと戻っている。それでも未だに過保護な態度が抜けないのは、アイザックにとって「あの姿」がそれだけ衝撃だったということだろう。

その後セシリアは店内をあちらこちらと見て回り、目当ての裁判用の本の他にも、刺繍《ししゅう》の図案や小説など気に入った本を数冊見つけることができた。

そして購入した本を抱えて再び通りに出た、ちょうどそのとき。

「セシリア、やっと見つけた……！」

ふいにセシリアの背後から、聞き覚えのある声が響いた。

◇　◇　◇

「ガーランド様……なんでここに……」

呆然とつぶやきながら、セシリアは一歩後退した。

「決まってるじゃないか。君を迎えに来たんだよ。ああやっと会えたね、セシリア」

ラルフ・ガーランドは感無量と言った調子で言うと、一歩前に踏み出した。

華やかな金髪に甘く端正な顔立ち。かつてあんなに焦がれた夫の姿は、今のセシリアにはまるで悪夢の中の怪物のように思われた。

「王都に着いてすぐオブライエン法律事務所に行ったんだだが、不愛想な事務員が『依頼者の居場所については教えられません。あとでこちらから連絡いたします』の一点張りでね。仕方ないからセシリアが好きそうな場所を片っ端から探し回っていたんだが……まさかこの広い王都で本当に会えるとは思わなかったよ。やっぱり私たちは運命の赤い糸でしっかりと繋がっているんだね」

ラルフは笑顔でそう言いながら、セシリアの方に手を伸ばしてきたので、セシリアは反射的に後ずさった。

「近寄らないでください。私との連絡は弁護士を通すようにとお伝えしたはずです」

「夫婦の間でそんな回りくどい真似をする必要がどこにあるんだ。おかしなことを言ってないで、さあ、一緒に帰ろう」

「私は二度とガーランド邸には帰りません。あそこに私の居場所はありません」

「なにを言っているんだ。君は私の妻で、ガーランド家の女主人じゃないか」

そう言ってラルフが一歩近づくごとに、セシリアは一歩ずつ後退して行く。

「私たちは白い結婚だったのですから、もうすぐ離縁が成立します」

「そんなもの、私とセシリアが一緒に王立裁判所に行って、離縁を望んでいないと宣言すれば済むことだよ」

「なぜ私がそんなことをするのですか」

「なぜって、私と離縁しないためじゃないか。君は私を愛してるんだろう？」

「愛していません。以前は愛していましたが、今はもう、貴方の顔を見るのも嫌なんです」

「馬鹿な……君はなにを言ってるんだ？」

ラルフはセシリアの言っていることが本気で理解できない様子だった。

「せっかく私が迎えに来たのに、一体なんでそんなことを……」

ラルフはしばらく困惑の表情を浮かべていたが、やがてふいに得心がいった、といわんばかりに微笑んだ。

「……そうか、分かった。そう言えと父親に命令されているんだね」

「はい？」

「そんなに怯えた顔をして……可哀そうに、あの冷酷そうな父親からどれほど酷いことをされたんだい？」

「あの、なにをおっしゃってるんですか？　サザーランド領にいる父が、王都の私になにをできるというんですか？」

「そんなもの、人を使えば済むことだ……そうか、うちに来たバークリー商会の連中だな？　あの中に伯爵の手先が紛れ込んでいて、君を無理やり攫ってこんなところまで連れてきたのか。そして今も脅していると……本当に、なんて酷いことを」

ラルフは何やら一人でうなずいたあと、大股でセシリアに近づいてきた。そして壁際に追い詰められたセシリアの腕を掴もうと手を伸ばした。

「私が来たからにはもう大丈夫だよ。さあ、一緒に帰ろう」

「触らないでください」

「分かってるよ、分かってるから、私と一緒に帰るんだ、さあ――」

「いやっ、離してくださ……」

ラルフの指先がセシリアに触れようとした、まさにそのとき。

「セシリアになにをする！」

アイザックが怒声と共に、ラルフを横から殴り飛ばした。

「大丈夫か？　セシリア」

「アイザック兄様、どうしてここに……」

「君が心配で戻ってきたんだよ。ああセシリア、君が無事で本当に良かった」

「ありがとうございます。アイザック兄様が来て下さって助かりました」

本当に、アイザックにはいったい何度助けられるのだろう。

「可哀そうに、怖かったろう」

「はい……まさかここまで話が通じない方だとは思いませんでした」

もう大丈夫だと分かっているのに、まだ身体の震えが収まらない。

元凶のラルフは白目をむいたまま道端に横たわっており、どうやら完全に意識を失っているようである。


「なんだ、喧嘩か？」

「いや、あの伸びてる男があっちの美人を襲ったらしいぞ」

「まあ白昼堂々破廉恥《はれんち》な」

「結構いい男なのに、みっともないわねぇ」

いつの間にやら周囲に人だかりができており、好き勝手に噂する声まで聞こえてくる。

(そういえば、ここって表通りだったわね……)

セシリアはアイザックと共にこの場を抜け出したい衝動に駆られたが、まさかこのままラルフを放置していくわけにもいくまい。

「悪いけど、この近くにいるお医者様を呼んできてもらえるかしら」

セシリアが野次馬の少年に駄賃を渡すと、少年は快く引き受けてくれた。見世物は終わりと悟ったのか、他の野次馬たちも三々五々に散っていく。

ほどなくして連れてこられた若い医師は、白目をむいて伸びているラルフを簡単に診察したのち、「単に気絶しているだけですね。頭に瘤《こぶ》はできるでしょうが、命に別状はありませんよ」と請け合った。

「そうですか、良かった」

セシリアがほっと安堵《あんど》の息をつくと、アイザックが不満そうに「なんだ、セシリアはこんな奴を心配しているのかい？」と問いかけた。

「そうではありません。アイザック兄様が殺人者にならなくてほっとしただけです」

「私はこの害虫を駆除できるんなら、殺人者になっても本望だよ」

「そんなこと冗談でもおっしゃらないでください。前途洋々たるアイザック兄様が私のせいで殺人者になってしまったら、私は後悔してもしきれません」

「ああセシリア！　私は――」

「――あの、ちょっとよろしいでしょうか」

かすれ声に振り向くと、老執事のジェームズが息を切らせて立っていた。

「まあジェームズ、貴方も王都に来ていたの」

「はい。旦那様と同じホテルに滞在しています。そこで法律事務所からの連絡を待っていたのですが、知り合いからこの騒ぎを知らされて、慌てて駆け付けた次第です」

どうやら野次馬たちの中には、彼の知り合いもいたらしい。

ジェームズは息を整えながら、セシリアたちに頭を下げた。

「奥様、お久しぶりでございます。それからそちらは確か奥様の従兄でいらっしゃるアイザック・スタンレー様ですね。結婚式のときにお目にかかりました」

「そう言うお前はガーランド家の執事だな。分かっているだろうが、離縁の届け出が王立裁判所に受理された以上、現在セシリアとガーランド君は係争中の身のうえだ。裁判が決着するまでは、夫と言えど無理やりに連れ戻す権利はないんだぞ」

「承知しております。旦那様の目が覚めたらその点はちゃんと申し上げるつもりです。ですがそもそも旦那様は、無理やりだと自覚しておられなかったのではないかと思います」

「そのようね。ガーランド様は、離縁は私の意思ではないと思い込んでいるみたいだったわ」

「はい。旦那様は奥様が御父上に強制されているのだと思っておいでなのです。……ところで奥様、使用人の身で立ち入ったことをうかがいますが、奥様はもう旦那様を全く愛しておられないのですね？」

「ええ、全く愛していないわ。一刻も早く離縁したいと思ってるの」

「やはり、そうでしたか……」

ジェームズは深々とため息をついた。

「そうだろうとは思っていたのですが、旦那様があまりに自信満々なものですから、一縷《いちる》の望みにすがってしまいました。やはり旦那様の独りよがりだったのですね。……離縁状には旦那様が有責という形での離縁を求めるとありましたが、それも奥様のご意思でしょうか」

「ええもちろん、私の意思よ」

最初は離婚できるなら形式なんてどうでもいいと思っていたが、弁護士のギルバートに「夫側の有責であることを公的機関にきちんと確認してもらった方がいい」と説得されて翻意した。

ギルバートいわく、セシリア有責という形になってしまえば色々と今後に差し障るし、仮にセシリアが再婚して子供を作った場合は、子供の縁談にも響く可能性があるとのこと。

「しかし旦那様の有責で離婚となれば、契約上、ガーランド家はサザーランド家からの支援金をすべて返還することになってしまいます。そうなれば、我がガーランド家はおしまいです」

「それはお気の毒だけど、仕方のないことじゃないかしら」

一か月ばかりガーランド家の女主人として過ごしたものの、あの家には全く愛着がない。

たとえアンジェラの存在があったとしても、ガーランド家に仕える者たちが自分を温かく迎えてくれていたら、もう少し考えようはあっただろう。

しかしあの家にいたのはアンジェラを優先してセシリアをないがしろにする者と、セシリアを金づると見て軟禁しようとする者だけだった。

「今になってそんなことを言い出すのなら、セシリアをもっと大切にすれば良かったんじゃないか」

アイザックが言うと、ジェームズは「まことにおっしゃる通りです……」と沈痛な表情で肩を落とした。

第八章　ラルフの思いとアンジェラの思惑

（旦那様、旦那様……）

どこか遠くで声がする。

ゆっくりと意識が覚醒していくにつれて、頬と頭がずきずきと痛む。

瞼《まぶた》を開くと、目の前に見慣れた執事の顔があった。

「ジェームズ……」

「気がつかれましたか、旦那様」

「ここは……」

「王都のホテルです。覚えておられますか？　旦那様は書店の前で」

「そうだ、せっかくセシリアを見つけて連れて帰ろうとしたのに、あの乱暴な男に邪魔されたんだ」

慌てて起き上がろうとするも、ジェームズに押しとどめられた。

「落ち着いてください旦那様。頭を打っておられますから、まだ安静が必要です」

「これが落ち着いていられるか！　セシリアは今どこにいるんだ？」

「奥様は別のホテルにおられます」

「そうか……可哀そうに、そこに監禁されているんだな」

「あのホテルにおられるのは奥様のご意思です」

「そんなわけがないだろう。この私が迎えに来たんだから、一緒に帰りたいと思っているはずだ」

「思っておられません。旦那様、いい加減現実をご覧になってください。奥様はもう旦那様を愛しておられません。奥様自身がはっきりそうおっしゃっていたではないですか」

「セシリアは父親に脅されているんだ。だからあんなに怯えて……」

「怯えていたのは旦那様に連れ戻されそうになったからです。旦那様が気絶したあとは、平然と落ち着いておられました」

「まさか……お前の見間違いじゃないのか？」

「見間違いではございません。あのあと奥様とお話ししましたが、大変落ち着いたご様子で、脅されている気配など微塵も感じられませんでした。繰り返しますが、奥様はもう旦那様を愛しておられません」

「そんな……信じられない」

　呆然とつぶやくラルフに、ジェームズはやれやれとばかりにため息をついた。

「当たり前ではありませんか。結婚式のときからあんなに奥様をないがしろにして、むしろよくまあ一か月以上も我慢なさったものだと思いますよ。こう申し上げてはなんですが、アンジェラ様が体調を崩すなんていつものことなのですから適当にあしらっておけばいいものを、アンジェラアンジェラアンジェラと……。新婚初夜もすっぽかし、外出の誘いも断って、内装もすべてアンジェラ様。挙句の果てにアンジェラ様に子供の命名権を与えたうえ、アンジェラママって……なんですかそれは」

「な、貴様、主人に対してその口の利き方は――」

「ガーランド家がなくなるかどうかの瀬戸際なのですから、もう言いたいことを言わせていただきます！」

ジェームズは憤然とした様子で言った。

「離縁状にある通り、旦那様有責で奥様との離婚が成立すれば、ガーランド侯爵家はもうおしまいです。私ども使用人は退職金すらもらえずに解雇されることになるでしょう。サザーランド家からの支援金を返還するというのはそういうことです。先祖代々のお屋敷も領地もすべて処分してもまだ足りません。旦那様、たとえ上辺だけでも良かったんです。なぜ奥様を大切にできなかったんですか。なぜさっさと初夜を済ませておかなかったんですか。旦那様はそこまでアンジェラ様がお好きだったのですか？　そして奥様がお嫌いだったのですか？　ガーランド家を破滅に追いやってもいいほどに？」

「いや、そんなことは……」

自分にとってのアンジェラは、そしてセシリアは、一体どういう存在だったのだろう。

ラルフは改めてアンジェラと出会ってからのことを思い返した。

◇　◇　◇

ラルフがアンジェラと出会ったのは七歳のとき。母に連れられてガーランド邸にやって来た一つ年下のアンジェラは、ふわふわして頼りなげなお人形のような少女だった。

「お母様の大切なお友達のお嬢さんなのよ。ラルフも仲良くしてあげてね」

「アンジェラは少し身体が弱いそうなの。だから優しくしてあげてね」

母は繰り返しラルフにそう言い聞かせた。母が言うには、アンジェラは母が娘時代に大変世話になった女性の娘らしい。

その女性は夫が亡くなった後、娘と一緒に実家に戻ってきたのだが、つい先日流行り病でなくなった。

そして娘のアンジェラが一人で残されたわけだが、実家も嫁ぎ先もそれぞれの事情があって引き取りを拒んでいるとのことだった。

つまりとても可哀そうな子なのだな、と幼いラルフは理解した。

「分かりました、母上」

可哀そうな子に優しくするのは当然のことだ。ラルフが庭を見に行こうと誘うと、アンジェラは嬉しげにうなずいた。

そしてアンジェラは自分にべったりとまとわりついて離れなくなり、どこに行くにもついてくるようになった。

それからしばらくして、近隣のお屋敷で子供ばかりを招いたお茶会が開かれた。

主催者は隣の領地に住む子煩悩な伯爵夫人で、愛娘のフェリシアのために頻繁にこの手の催《もよお》しを企画している。ラルフ自身も今まで何度も招かれたことがあり、一つ年下の伯爵令嬢フェリシアともそれなりに親しくしていた。

今回はアンジェラもともに招かれていたので、さっそく二人で出席することになった。アンジェラは初めてのお茶会にはしゃいでいたが、子供同士で話しているうち、やがてちょっとした事件が起きた。

「え、アンジェラさんってファーソンの戦いも知らないの？」

フェリシアは困惑したように言ってから、こちらを振り返って遠慮がちに言葉を続けた。

「ねえラルフ、アンジェラさんはもうちょっとお勉強を頑張った方がいいんじゃないかしら」

フェリシアの言葉に、ラルフは羞恥《しゅうち》で顔が火照《ほて》るのを感じた。

ファーソンの戦いはもっと小さな子でも知っている有名な歴史的事件である。

以前アンジェラの家庭教師が「アンジェラ様は少し勉強するとすぐに頭が痛いとおっしゃるので、なかなか先に進まないのです」とこぼしていたため、彼女にあまり教養がないことは一応知っていたものの、まさかここまでとは思わなかった。

アンジェラは確かにちょっと勉強をさぼりすぎているのかもしれない。

「でもフェリシア、アンジェラは身体が――」

ラルフがなんとか弁解しようとした、まさにそのとき、アンジェラが声を上げて泣き出した。

「酷いわフェリシアさん、私は病気のせいで勉強が遅れがちになっているだけなのに、そんな風に馬鹿にするなんて！」

「え、私、別にそんな」

「酷い酷い！　あんまりよ！」

「あ、アンジェラ、落ち着いて」

ラルフが宥めるように頭を撫でると、アンジェラは泣きながらラルフの胸に飛び込んできた。

自分の胸で泣きじゃくるアンジェラを見ているうちに、ラルフのうちに「可哀そうなアンジェラを守ってやらねば」という思いがむくむくと湧いてきた。

「フェリシア、病弱な人間を馬鹿にするのは良くないよ」

ラルフが固い口調で言うと、フェリシアは「私、別にそんなつもりじゃ」と途方にくれたように呟いた。

「帰ろう、アンジェラ」

「うん、ラルフ」

ラルフの胸に顔をうずめたまま、アンジェラは小さくうなずいた。

帰りの馬車の中で、アンジェラは泣きはらした顔で言った。

「ラルフ、意地悪な子から私を守ってくれてありがとう。物語の王子様みたいに格好良かったわ」

涙を浮かべて自分を見上げるアンジェラは、まるで可憐な姫君のようで、ラルフは自分が本当に王子様になったような高揚感に包まれた。

そんなことが何回か続いたのち、ラルフとアンジェラは子供同士の行事に誘われることはなくなった。母はそのことを気に病んでいたようだが、ラルフはさほど気にしなかった。

お茶会は嫌いではなかったが、それでも自分より優秀な少年たちと交わると、劣等感を刺激されることも少なくない。ラルフは見た目こそ整っているものの、勉強も剣の腕も平凡で、これといって際立ったところのない少年だった。

しかしアンジェラに頼られると、物語の英雄のような気持ちになれた。

「ラルフって本当に頼もしくて格好いいわね」

「ラルフがいないと心細いわ。ずっと私の傍にいてね」

「私、ラルフがいないと生きていけないわ」

身体の弱いアンジェラ。

可哀そうなアンジェラ。

ラルフがいないと生きていけないアンジェラ。

アンジェラと二人だけの小さな世界は、ラルフにとっても心地よかった。

思えばラルフはアンジェラが好きというよりも、アンジェラに頼られる自分が好きだったのかもしれない。

そして月日は流れ、ラルフは妻を迎える年齢になった。アンジェラは相変わらずラルフにまとわりついていたが、ラルフは彼女を結婚相手として意識したことはなかった。

アンジェラは妻としては頼りなさ過ぎるし、なにも持たないアンジェラと結婚なんかしようものなら、二人で貧乏まっしぐらだ。

ラルフは傾いたガーランド家を立て直すために、たっぷり持参金をもたらしてくれる金持ちの娘をめとる必要があった。

そんな折、親類のレナード公爵から紹介されたのが、王国きっての資産家であるサザーランド伯爵家の長女、セシリアである。

この縁談が伝わると、マーサをはじめとする女中たちはこぞって同情の声を上げた。

「お可哀そうに、アンジェラ様がいらっしゃるのに、よそから奥様をお迎えしなければならないとは、なんという悲劇なんでしょう」

「レナード公爵家のご紹介だからお断りできなかったのですね。権力づくでラルフ様とアンジェラ様の間に割って入ろうとは、なんて図々しい女なんでしょう」

彼女らは皆ラルフとアンジェラを悲劇の恋人たちに見立てて酔いしれているようだった。

もっともラルフ自身は金持ちの妻をめとることについて、これといった抵抗はなかった。

むろん金があるだけの訳あり物件を押し付けられるのはごめんだが、セシリアは絵姿からすればなかなかの美人だし、年齢も身分的にも申し分がない。貴族女学院を優秀な成績で卒業しているし、妻とするにはアンジェラよりもこういう女性の方がよいだろう。

しかしそれを伝えようと試みても、マーサらは「ええ分かっております、分かっておりますとも。それ以上なにもおっしゃらないでください」と訳知り顔にうなずくばかりで、納得しようとしなかった。

まあ別に実害はないのだし、適当に言わせておけばいいだろう。

ラルフはそう結論付けて、彼女らの思い込みをそのまま放置することにした。

それに悲劇の主人公のように扱われるのは、ラルフ自身そんなに悪い気分でもなかった。

やがてレナード公爵邸において、セシリア・サザーランドとの初顔合わせが行われた。

実際に会ったセシリアは絵姿以上に美しく、アンジェラのような「可哀そうなところ」が微塵もない女性だった。

朗らかに良く笑い、読書や刺繍《ししゅう》といった様々な趣味を楽しみ、アンジェラが苦手とする社交も楽々とこなしている。どんな話題にも打てば響くように応じ、その豊かな教養はラルフの方が圧倒されるほどだった。

素直に自分を慕う姿は可愛らしいと感じたし、つつましく穏やかな性格も、妻にするには申し分のない女性に思われた。優しい彼女なら、きっとアンジェラとも上手くやってくれることだろう。

アンジェラにそのことを話したところ、アンジェラもセシリアを妻として迎えることを歓迎すると言ってくれた。

「でも少し不安だわ。ラルフは結婚したら、きっとセシリアさん優先になってしまうでしょう？身体が弱くて役立たずの私はきっと捨てられるのね」

「セシリアさんは私と仲良くしてくれるかしら。居候《いそうろう》は出て行けって言われないかしら」

いかにも心細げなアンジェラに、ラルフは「大丈夫だよ。もしセシリアが君を邪険《じゃけん》にするようなことがあったら、私がアンジェラを守るからね」と請け合った。

「お願いね、ラルフ。私、ラルフがいないと生きていけないわ」

上目遣いに自分を見上げるアンジェラは、相変わらず頼りなげで愛らしかった。ラルフはアンジェラを安心させるように、彼女のふわふわした金髪を優しく撫でた。

美人で金持ちの妻をめとるからと言って、今まで親しくしていた幼馴染を切り捨てるなんて、そんな不人情《ふにんじょう》なことができるはずもない。

家に恵みをもたらしてくれる美しく優秀な妻と、自分を頼みとする愛らしく可憐な幼馴染。

その両方の間でバランスをとって、うまくやっていける自信があった。

◇　◇　◇

「……私にとってはセシリアもアンジェラも、どちらも同じくらい大切だ。だから私は両方を同じくらい大切に扱ってきたつもりだ」

「どこがですが？　何をするにもアンジェラ様優先だったではありませんか」

ラルフの言葉に、すかさずジェームズが噛みついた。

「それは二人の間でバランスをとるためだ。セシリアは私の正式な妻で、ガーランド家の女主人だ。アンジェラよりも立場はずっと強いだろう？　アンジェラは立場が弱いのだから、私が守ってやらないと」

胸を張って言うラルフの前で、ジェームズは深々とため息をついた。

「旦那様、夫の後ろ盾がない妻の立場なんて弱いものです。まだ初夜も行わず、正式な妻となっていない身ならなおさらです。実際、女中たちの中には奥様を馬鹿にして、嫌がらせをする者もいたようです」

「え、それは本当か？」

「はい。マーサをはじめとする女中たちは、旦那様とアンジェラ様を恋人同士だと思い込んでいたので、邪魔者である奥様をないがしろにすることに罪悪感を抱いていませんでした。旦那様だってマーサたちの勘違いをご存じないわけではないでしょう？」

「それは……まあ」

「一応私からも奥様にきちんと接するように注意はしたのですが、まるで聞く耳を持ちませんでした。サザーランド家の支援金のことを公にしていればまた別だったでしょうが、あれは絶対秘密にしろというのが大旦那様のご意向でしたし」

嫁の実家の支援金でやりくりしているなんてガーランド家の沽券にかかわるということで、ジェームズ以外の使用人に対しては、「先代の事業が軌道に乗ったことで持ち直した」ということにしてあった。

「そうか……。いや、でも嫌がらせと言っても大したことはないんだろう？　みんな気のいい女中たちだし、そんな酷いことはしていないはずだ」

「大したことかどうかは見方によります。とにかく使用人はみんなアンジェラ様の味方でしたし、アンジェラ様に頼る相手はいくらでもいました。しかし嫁いでからの奥様には、旦那様しかおられませんでした。アンジェラ様より奥様の方がよほど旦那様の庇護を必要としていたのですよ。それなのに頼みの旦那様がアンジェラ様アンジェラ様では、奥様はこの家の誰にも頼ることができずに心細かったはずです。そして子供までがアンジェラ様に奪われると思って、ついに心が折れてしまわれたのでしょう」

「そうか……だからセシリアは傷ついて、私に怒っていたんだな……」

ジェームズに切々と説かれているうちに、ラルフはようやく己の態度に問題があったことを自覚した。

「……セシリアに会って謝罪がしたい」

「それがようございます。奥様に誠心誠意謝罪をすれば、仮に旦那様有責で離婚が成立しても、返済金や慰謝料をまけていただけるかもしれませんし。さっそくオブライエン法律事務所に面会を申し込んでおきますね」

「ああ、頼む」

ラルフは心からそう言った。

セシリアに会って謝罪しよう。

なにもかも自分が悪かったと言おう。

もう二度とあんなことはしない、これからは君を妻として大切にすると誓おう。

内装もセシリアの好みでやり直そう。

一緒に遠乗りに行こう、芝居にも行こう、いずれ生まれる赤ん坊の名は二人で一緒に考えよう――

（そうだ。あの家でセシリアと夫婦としてやり直すんだ……）

ラルフはまだセシリアが自分から帰ってくるという希望を捨てていなかった。

◇　◇　◇

ラルフがセシリアとやり直す決意を固めていたのと同時刻。アンジェラはガーランド邸のサンルームで、ゆったりと午後のお茶を楽しんでいた。

「ここ最近はずっとお加減がよろしいのですね」

嬉しそうに微笑むマーサに、アンジェラは「ええ、そうなのよ」と笑顔を返した。正直言えば、ラルフがいないのに体調を崩してみせても意味がないからやらないだけだ。

セシリアを迎えに行くというラルフを見送ってから十日あまり。当初の予定ではとっくに帰っているころ合いだが、また当分はかかるらしい。

送られてきた手紙によれば、セシリアは現在サザーランド伯爵の差し金で王都に軟禁されているらしく、ラルフはそこまで彼女を迎えに行くつもりだとのことだった。

「やっぱりあの厄介な女がいないとせいせいしますね。このままずっと帰ってこなければいいんですけど」

「マーサったら、セシリアさんのことをそんな風に言ったら可哀そうよ」

アンジェラがたしなめるように言うと、マーサは「まあアンジェラ様はなんてお優しいんでしょう！」と感嘆の声を上げた。

「別に優しくなんてないわ。私はただみんなと仲良くしたいだけなのよ」

「あんな女と仲良くしたいと思うなんて、セシリア様は本当に天使です。そのお優しさの百分の一でもあの女に備わっていたらと思いますよ」

「ふふ、マーサったら大げさねぇ」

アンジェラは照れたように微笑みながら、内心そっとため息をついた。

（なんでもいいから早くセシリアさんを連れて帰って来てほしいわ。やっぱりラルフがいないとつまらないもの）

マーサの淹れたミルクティーを飲みながら、アンジェラはラルフと出会ったときのことを思い返した。

アンジェラがラルフと出会ったのは六歳のとき。初めて会ったときからラルフはハンサムで優しくて、王子様のように格好良かった。

貴族の子供たちが集まるお茶会でも、ラルフは一番格好良かったし、少女たちの羨望の眼差しの中でラルフとじゃれあうのは最高に気分が良かった。

ところがそんなアンジェラが気にくわなかったのか、招待主の娘であるフェリシアが、アンジェラの無知を嘲《あざけ》るような発言をしたのである。

「え、アンジェラさんってファーソンの戦いも知らないの？　――ねえラルフ、アンジェラさんはもうちょっとお勉強を頑張った方がいいんじゃないかしら」

アンジェラは昔から勉強が大嫌いで、いつも体調不良を理由にさぼってばかりいたために、かなり遅れがちなのは自覚していた。

しかしなにもこんな風に人前であげつらうことはないだろう。

嫌な女。

意地悪な女。

どうせラルフと仲のいいアンジェラに嫉妬して、嫌がらせをしてきたに決まっている。

アンジェラが当てつけに思い切り泣きじゃくって見せると、ラルフがすかさずアンジェラを庇い、「フェリシア、病弱な人間を馬鹿にするのは良くないよ」とフェリシアを叱責してくれた。ラルフになじられ、青くなって震えているフェリシアを見ていると、アンジェラは言いようもない優越感に包まれた。

優しいラルフ。

格好いいラルフ。

そのラルフにとっての「大切な幼馴染」である自分。

ラルフに優しく守られていると、アンジェラは物語のお姫様のような気持ちになれた。

そんなことがあってから、アンジェラはますます勉強をさぼるようになった。

ファーソンの戦いなんて知らなくてもラルフは自分を選んでくれたのだから、勉強なんて必要ない。アンジェラはそんな風に考えた。

ガーランド夫人は時おり困ったように「ねえアンジェラ、お勉強はした方がいいわよ」と言ってきたが、そんなときは女中頭のマーサが「奥様、アンジェラ様がお可哀そうですよ」と庇ってくれた。マーサはジェームズと並ぶ古株の使用人であり、彼女に対してはガーランド夫人もあまり強くは言えないようだった。

やがて年頃になると、アンジェラのもとにも縁談が舞い込んでくるようになったが、教養もなく、持参金もつかないアンジェラのところに来るのは、すでに孫もいる老伯爵や、貴族との繋がりが欲しい新興商人といった手合いで、ラルフと比べてぱっとしないものばかりだった。

そんな連中の妻になるよりも、ハンサムなラルフの「大切な幼馴染」として、侯爵家でちやほやされながら暮らす方がずっといい。

幸いアンジェラが「私はラルフと離れたくないわ」と言って涙ぐむと、みな無理に嫁ぐことはないと言って、アンジェラに優しくしてくれた。

このままガーランド家に住んで、ラルフと結婚出来たらどんなにいいだろう。アンジェラはしばしばそう考えたが、それが不可能であることは、アンジェラもよく理解していた。

ラルフは傾きかけた家を建て直すために、金持ちの娘をめとる必要がある。アンジェラだって貧乏は嫌だし、窮乏《きゅうぼう》してでもラルフとの愛を貫きたいなんて思わない。

だからラルフがセシリアと婚約したとき、アンジェラは反対しなかった。

しかし初めて会ったセシリアは想像以上に美しく洗練されており、着ているドレスは最新流行のもので、アンジェラはいいようもない嫉妬を覚えた。

この女は金持ちの家に生まれたというだけで、アンジェラが大好きなこの家もラルフも、簡単に手に入れるのだ。

(そう考えたら、なんだか意地悪したくなっちゃったのよね)

だからアンジェラは結婚式の最中に倒れたり、初夜に心細いと言ってラルフを引き留めたり、ラルフとこれ見よがしにじゃれあったり、二人の外出を邪魔したり、様々な「意地悪」を実行した。

マーサをはじめとする女中たちもアンジェラに同情してくれて、意地悪に協力してくれた。

中でも傑作だったのは、子供に関して告げたときの、セシリアの絶望に満ちた表情だ。

実のところ、アンジェラは子供なんて嫌いだし、生まれたところで可愛がるつもりなんてなかったのだが。

(だけどまさか、黙って出て行ってしまうとは思わなかったわ。ちょっとやりすぎちゃったわね)

支援金がなくなるのは困るし、セシリアが戻ったらもう少しだけ優しくしてやるべきだろうか。

しかしセシリアに遠慮して、小さくなって暮らすなんてごめんだし、養父母の隠居先に行くのもまっぴらだ。

(いっそガーランド家を出て、どこかに嫁いでしまおうかしら)

持参金付きなら自分にだってもっといい嫁ぎ先が見つかるはずだ。サザーランド家は付き合いが広いから、誰か素敵な旦那様を紹介してくれるかもしれない。

そういえば、結婚式で見かけたセシリアの従兄はなかなかの美男子だった。おまけに宰相の右腕で、いずれ王家から爵位と領地を賜《たまわ》るらしい。そんな人を夫にもてたら、さぞかし気分がいいことだろう。

（彼を紹介してってセシリアさんに頼んでみようかしら。セシリアさんは私に出て行って欲しいわけだし、きっと大喜びで紹介してくれるわよね）

アンジェラはそんなことを考えながら、ラルフとセシリアが戻ってくるのを待ち詫びていた

第九章　改めての話し合いと、その結末

書店前での邂逅《かいこう》から一日経った正午過ぎ。セシリアのもとにラルフ・ガーランドからの面会要請が伝えられた。

「ガーランド氏は貴方に直接会ってこれまでのことを謝罪したいと言っています。そのうえで改めて今後のことを話し合いたいと言っているようですが、どうしますか？」

神妙な顔つきで尋ねるギルバートに対し、噛みついたのはアイザックだ。

「そんなもの、尋ねるまでもないだろう。セシリアがあの破廉恥《はれんち》な男と直接会うなんてとんでもないことだ！」

「アイザックはちょっと黙ってて。どういたしますか？　もちろん貴方がお嫌ならお断りしても構いませんし、私が代理で話を聞くと言う形にもできますが」

ギルバートの言葉に、セシリアはしばし考え込んだ。

今さら謝罪されたところで意味はないし、ラルフと直接顔を合わせるのも不快である。しかし「今後についての話し合い」という文言には若干惹かれるものがあった。

「一応確認したいのですが、夫は離婚が私自身の意思であることについては、もう納得しているんですよね？」

「はい。伝えに来たのは執事の方ですが、その点についてはガーランド氏もすでにきちんと理解しているとのことでした」

「そのうえで今後について話し合うというのは、つまり夫は私との離婚に応じる用意があると言うことでしょうか」

「はっきりそう言っているわけではありませんが、可能性はあるでしょうね。あちらも伝統ある侯爵家なわけですし、家庭内のもめ事が表ざたになるのはあまり望ましくないのでしょう。裁判に持ち込まれる前に、示談で決着をつけたいと言うのは良くある話なんですよ」

「分かりました。そのための具体的な条件としてはどんなものが考えられますか？」

「そうですね。あちらはやはり慰謝料や支援金の返済がかなりの重荷になっているんじゃないでしょうか。一方こちらとしては離婚と相手側の有責の証明が絶対譲れない条件ですから、あちらは離婚についての異議申し立てを取り下げたうえで、ラルフ・ガーランド有責の公正証書を作成する。こちらはその見返りとして慰謝料や支援金の返済を減額する、というのが妥当な線かと思われますが」

「その条件なら折り合えると思います。慰謝料は別になくても構いませんし、支援金の返済についても、私の裁量で多少減額しても良いという許可を父からもらっていますから。正直言って、私はあの方とは一刻も早く他人に戻りたい気持ちなんです」

「そうだな。慰謝料や支援金を負けてやるのは腹立たしいが、あんな男とさっさと手を切れるならその方がいいかもしれないな」

アイザックも横から同意する。

「それでは面会について承諾の返事をしておきますね。時間は明日の午後。場所は私の事務所で構いませんか」

「はい。お願いします」

再びラルフと対峙することを思うと昨日の恐怖心が蘇《よみがえ》ってくるが、これは必要な試練だと考えよう。

なんとか心を落ち着けようとするセシリアに、アイザックが安心させるように微笑みかけた。

「セシリア、明日は私も同席しよう。今からすぐにかけあって、宰相閣下から特別休暇をもぎ取ってくるよ」

「そんな、アイザック兄様にそこまでご迷惑はおかけできません。今回はオブライエン様や事務所の方も同席してくださるわけですし、前回のようなことは起こらないと思います」

「迷惑なんかじゃない、私が同席したいんだ」

「ですが……」

「頼むよセシリア、私のいないところで君があいつと会っていると思うと、心配で仕事なんか手につかないよ。こんな気持ちで王宮に行っても、かえって宰相閣下や同僚たちに迷惑をかけるに決まっている」

アイザックの必死な訴えに、セシリアは思わず苦笑した。

「それじゃお願いします。……ありがとうございます、アイザック兄様。本当は少し心細かったんです」

「大丈夫だよセシリア、なにがあっても私が守るからね」

アイザックは力強く請け合った。単なる口先だけの言葉ではなく、確かな意思をその声音に感じて、セシリアは温かな気持ちに包まれた。

そして面会当日。定刻ぴったりに事務所を訪れたラルフ・ガーランドは、セシリアに対面するなり深々と頭を垂れた。

「セシリア、本当にすまなかった。私としては、新しく来た君の方ばかりを大切にして、今まで一緒に過ごしたアンジェラをないがしろにするのは良くないと思っていたんだ。だけどそのことが、どれほど君に悲しい思いをさせていたのか分かったよ」

「いえ、もう終わったことですから」

ラルフの言葉に、セシリアは淡々と答えた。

正直言って、今さら分かってもらえても、という気持ちである。

「もう二度とこんなことはしないと誓うよ」

「そうですね。次の奥様には同じ思いをさせないようにしてください」

「私は君以外の妻をめとるつもりなんてないよ」

「そうなのですか」

それではガーランド家が絶えてしまうだろうと思ったが、もはやセシリアにはなんの関係もないことだ。

しかし無表情のセシリアを何と思ったか、ラルフは困ったように微笑みかけてきた。

「信じていないのかい？　私は本心から言っているんだよ」

そしてテーブル上にあるセシリアの手を握ろうとしてきたので、セシリアはぎょっとして手をひっこめた。

「あの、勝手に触れないでもらえますか」

「まだ怒りが解けないんだね」

「まだ？」

「なあセシリア、私は心から反省したんだ。本当に悪かったと思っている。もう二度とあんなことはしないと誓うよ。だから、どうか私を信じてもらえないだろうか」

「いえ、別に疑っているわけではありませんが」

「本当かい？」

「はい」

セシリアとしては疑うほどの興味もない。

(そんなことよりも、早く離婚に応じる条件に付いて申し出てくれないかしら)

そもそもこれはそのための話し合いではなかったのか。

セシリアが促すようにラルフを真正面から見つめると、ラルフは何を勘違いしたのか、やけに嬉しそうな顔をして、とんでもないことを言い出した。

「それじゃあ私とやり直してくれるんだね？」

「え、なんでそうなるんですか？　私は貴方とやり直す気なんてありません」

「なぜだ？　反省したと……もうあんなことはしないと言っているじゃないか。君の夢見た通りの新婚生活がおくれるんだよ？」

「確かに結婚当初の私なら、貴方の言葉に大喜びしたかもしれません。あのころの私は貴方を愛していましたから。ですが今はもう貴方をかけらも愛しておりません。たとえアンジェラさんがいなくても、貴方と生活すること自体、吐き気がするほど嫌なんです」

　セシリアがきっぱり言うと、そこで初めてラルフの顔色が変わった。

「……私がこんなに謝っているのに、なぜそんな酷いことを言うんだ？」

　そしてゆらりと立ち上がり、セシリアの方に手を伸ばした。

「なぜそんなことを言う？　せっかく私が反省してやり直そうとしているのに、君は……っ」

　肩をつかまれそうになった瞬間、アイザックがラルフの襟首をつかんで床に引きずり倒した。

　同時にオブライエン法律事務所の事務員たちがとびかかり、寄ってたかってラルフを床に抑え込む。

「何をするんだ、離せ！　この……」

「君たち、ガーランド侯爵を門の外までお送りしてくれ」

　ギルバートが落ち着いた口調で事務員たちに指示を出した。

「待て、私はセシリアと――」

「乱暴なことはしないと言うのが面会の条件だったはずです」

「待ってくれ、セシリア、怒って悪かった！」

「いいから早く連れて行ってくれ」

「セシリア！　愛してるんだ、セシリア！」

ラルフが事務所から放り出されたあと、アイザックは「まったく……何を考えているんだ、あの男は」と吐き捨てた。

「会って謝罪をしたいというから、セシリアがわざわざ席を設けてやったのに、まったく反省してないじゃないか！」

「うん、僕もちょっと予想外だった。セシリア夫人、怖い思いをさせて申し訳ありませんでした」

「とんでもありません。こちらこそオブライエン様と事務所の皆さまにはご迷惑をおかけしました。それからアイザック兄様、助けて下さってありがとうございます。アイザック兄様が同席して下さって良かったです」

「これくらいはお安い御用だ。ああセシリア、私は君のためならいつだって――」

「――あの、ちょっとよろしいでしょうか」

そこにジェームズがおずおずと口をはさんだ。

「あらジェームズ、まだいたの」

ジェームズは今日ラルフに付き添って来たのだが、まるで空気のように気配を消していたため、今まで失念していた。

「はい。先ほどは主人が大変申し訳ございませんでした。主人の側にはまだ誤解があったようなので、私から良く言って聞かせます。このお詫びはまた後日改めて――」

「悪いけど、もう二度とあの方との面会に応じるつもりはないわ。次にお会いするときは法廷よ」

ラルフと話し合ったところで、まともな決着は到底望めそうにない。これはもう裁判で白黒つけるしかないだろう。

「それであの、つかぬことをうかがいますが……返済金と慰謝料のことは」

「もちろん全額きちんと貰うつもりよ」

セシリアがきっぱり言い切ると、ジェームズは「ですよね……」と項垂れた。

◇　◇　◇

ラルフ・ガーランド相手に話し合っても時間の無駄だ。

そう悟ったセシリアは、改めて彼と裁判で戦う覚悟を決めた。そしてギルバートのアドバイスに従い、裁判で証言してくれるようバークリー商会に連絡を取ったり、自分なりに裁判について勉強したりして時を過ごした。

またサザーランド家の者たち――セシリアの両親と、兄のリチャード、妹のエミリアもセシリアを支えるために王都に出向いて来てくれた。

セシリアはホテルの部屋で懐かしい家族と面会し、一人一人と抱擁を交わした。

「ああセシリア！　可哀そうに、大変な目に遭ったのね」

「お姉様！　私、話を聞いたときは怒りでどうにかなりそうでしたわ。私の大切なお姉様をそんな酷い目に遭わせるなんて絶対許せませんわ！」

久しぶりに会う母や妹は慰めや怒りの言葉を口にしながら、セシリアをかわるがわる抱きしめた。その温かさに、思わず涙ぐみそうになる。

「ラルフ君もガーランド家も、我が家の援助を受ける身でありながら、思い違いも甚だしいな」

父も憤然と言い放ったのち、「私に協力できることが合ったらなんでもするから、遠慮なく言いなさい」と力強く請け合ってくれた。

兄のリチャードも「大変だったな、セシリア」と労わりの言葉を口にしたものの、「俺は結婚式の時からあの男はなんかおかしいと思ってたんだよな。お前も男を見る目のなさをちょっとは反省した方がいいぞ」と言葉を続けて、セシリアの神経を逆撫でした。

（まあお兄様はこういう人だから仕方ないわね。それに引き換え――）

『――それは仕方ないよ。夫となる人間を信じようとするのは当然のことだ。悪いのはその真心に付け込んだ奴らの方だよ』

それに引き換えアイザックはセシリアの立場で物を考え、よりそってくれた。彼はなんと大人なのだろう――セシリアはつくづくそう感じた。

そんな風にして日々を過ごしているうちに、ギルバートからようやく裁判の日程が決まったとの連絡が入った。予想したよりも早い日程になったのは、素直に喜ぶべきことだろう。

ただギルバートはもう一つ、気になる情報を送ってよこした。

なんでもラルフの側は未だに弁護士と契約していないというのである。

ちなみにギルバートによれば、仮に今から弁護士に依頼したところで、弁護士の側から「準備期間が足りない」と言って断られるだろうとのことだ。

つまり被告ラルフ・ガーランドは弁護士の助けを借りることなく、独力で裁判に臨むことになる。

原告であるセシリアにとっては大変ありがたい話だが、これは果たして素直に喜んでいいのだろうか。なにやら話がうますぎて、裏があるような気がしてならない。

(ガーランド家の人たちは一体なにを考えているのかしら……)

セシリアが部屋で首をひねっていると、ホテルからアイザックが面会にきたとの知らせが入った。

王都に来て以来、アイザックは毎日のように面会に訪れては、困ったことはないかと尋ねたり、気晴らしになるような本や流行の菓子を差し入れたりと、細やかな気遣いを発揮している。面会場所はホテルのラウンジなど、人目につく場所ばかりであり、不適切な接触がないことを世間にしめす配慮も忘れてない。

そういうところも実にアイザックらしいとセシリアは好ましく感じていた。

ラウンジのいつものテーブルで落ち合ってから、セシリアが裁判の日程が決まった旨を報告すると、アイザックは嬉しげに顔をほころばせた。

「良かったな。申し立てたころからすると、かなり早い方なんじゃないか?」

「はい。裁判所にはできるだけ早い日程をお願いしていたので、その希望を汲んでいただいた形ですわ。それにオブライエン様によれば、担当裁判官は比較的女性よりの判決を下すタイプの方だそうです」

「なるほど、それじゃなかなか期待できそうだな」

「はい。証人もそろっていますし、オブライエン様は勝てる可能性が高いとおっしゃっていました。ただ、ひとつ気になることがあるんですの」

「気になること？」

「はい。オブライエン様に聞いたのですが、なんでもガーランド様は――」

「やあ奇遇だね、セシリア嬢。いやもうガーランド夫人と言うべきだね」

男性の野太い声が、セシリアの言葉を遮った。

振り向くとでっぷり太った初老の男――セシリアとラルフを引き合わせた張本人、レナード公爵が笑みを浮かべて立っていた。

第十章　レナード公爵の暗躍

「やあ、あの結婚式以来だね、ガーランド夫人。ますます美しくなったんじゃないか？」

「ご無沙汰しております。レナード様」

「レナード様、ご無沙汰しております」

セシリアが立ち上がって淑女の礼を取ると、続いてアイザックも頭を下げた。

サザーランド家の縁戚に当たるレナード公爵家は王家に連なる名門中の名門で、この国で大きな影響力を持っている。

「ああそんなかしこまらなくていいよ。私は君たちのことを我が子のように思ってるんだからね。――ところで聞いたよ、ラルフ君との離婚を王立裁判所に申し立ててるって、本当かい？」

「はい。あの家で色々と耐え難い事が起こりましたので」

「アンジェラ嬢の話だね。うんうん、若い女性には辛かったろう、君の気持ちはよくわかるよ」

レナードはぽっちゃりした手で慰めるようにセシリアの肩をぽんぽんと叩いた。

「愛する夫の傍にあんな可愛い娘がいたら不安になるのは当然だし、あれこれ勘ぐってしまうのも無理はない。だけどね、この私が、レナード公爵家当主たるこのジョージ・レナードが保証するよ。ラルフ君とアンジェラ嬢はそんなみだらな関係じゃない。あの二人の間にやましいことはなにもないんだ」

「レナード様、私が離婚を決意したのは、別にアンジェラさんのことだけが原因ではありません。私はガーランド様についていけないものを感じたために離婚を決意したのです。今さらあの二人に男女の関係があろうとなかろうと、私の気持ちは分かりません」

「そうかそうか、なるほどね。原因はお互いの性格の不一致というわけだ。うんうん、若いころにはよくあることだ。もうこの人とはやっていけないわ！　別れてやる！　ってね。だけどね、ガーランド夫人、一時の感情で行動するのは若い人の特権だが、あとになって必ず後悔するものだよ」

レナードは顔を近づけ、囁《ささや》くように言葉を続けた。

「なあ、ガーランド夫人、年よりの忠告は聞くものだ。仮にも神の前で永遠を誓い合った二人が裁判沙汰なんて、こんな悲しいことはないよ。どうかこの私に免じて、申し立てを取り下げてくれまいか。そしてもう一度だけラルフ君にやり直しのチャンスを与えてやってくれまいか」

「申し訳ありません。それはいたしかねます」

「この私がこんなに頼んでいるのに、駄目なのかい？　なあこの通り、頭を下げるよ」

「本当に申し訳ありません。なんとおっしゃられようと、私の決意は変わりません」

「この私が頼んでいるのに拒むのか？　ガーランド夫人、君はいい子だと思っていたのに、目上の者に対する最低限の敬意すら持ち合わせていなかったのか？」

「レナード様。裁判を受けるのは臣民の重要な権利です。それに対して圧力をかけるのは、いくら公爵家当主と言えど許されることではありません」

見かねてアイザックが割って入った。

ひと時の間、二人の男がにらみ合う。

やがてレナードはふんと鼻を鳴らして身を引いた。

「後悔するよ。この私の警告を聞き入れなかったことを、きっと後悔することになる」

レナードはそう言い捨てて、肩をゆすりながら立ち去った。

太った後ろ姿がラウンジから消えてから、セシリアは深々と息をついた。

「まったく不快な男だな」

レナード公爵が立ち去った後、アイザックは公爵が触れたセシリアの肩をぱたぱたと払った。

「紹介した自分のメンツをつぶされたとでも思ってるんだろうが、セシリアに絡むのはお門違いだ。おまけにあんなみっともない捨て台詞まで吐いて、公爵の権威も何もあったものじゃないな」

「そうですね……」

「どうかしたのかい？」

不安げな顔のセシリアに、アイザックは気遣うように声をかけた。

「いえ、私の考えすぎならいいのですが……さっきの後悔すると言う言葉、あれは単なるはったりなのでしょうか」

「だと思うが。いくら公爵家でも、王立裁判所の判決をどうこうする力はないはずだ」

「そのはずなんですけど」

「気になるのかい？」

「はい。私がガーランド様と顔合わせを行ったのは、レナード様の顔を立てるためでした。父からは『一度会ったうえで、お前が嫌なら断ってもいい』と言われていましたが、顔合わせ自体は最初から確定事項だったんです」

飛ぶ鳥を落とす勢いと言われるサザーランド伯爵が、「レナード公爵の顔を立てるため」に長女のセシリアを没落寸前の侯爵家嫡男――サザーランド家にとってはあまり益のない相手と引き合わせることに同意した。

言葉を変えれば、レナード公爵はそこまでしなければならないほどに厄介な相手だと言うことである。

「そのとき父はこう言っていたんです。レナード公爵はメンツをつぶされたと感じたら、どんな汚い手段をとるか分からない男だから、一応顔を立ててやらねばならないのだと」

「どんな汚い手段でも……あの伯父上がそう言っていたのか」

「はい。それから、これはオブライエン様に聞いた話なのですが、ガーランド様はまだ弁護士と契約していないそうです。普通に考えて、弁護士がいなければ圧倒的に不利ですよね？　今回の裁判は私にとっても正念場《しょうねんば》ですけど、ガーランド家にとってもお家の存亡がかかっているはずです。それなのに、なぜそんな無謀な真似をするのか分からなくて……。それでさっきレナード公爵の言葉を聞いて思ったんですけど、もしかすると、あっちは弁護士を必要としないような、よほどの切り札を持っているんじゃないかと」

「よほどの切り札か……」

アイザックは考え込むようにつぶやいたあと、セシリアに向かって問いかけた。

「なあセシリア、君たちの裁判を担当する裁判官の名前はなんて言うんだ？」

「セオドア・バーナード裁判官です。オブライエン様によれば、若いのにとても優秀な方なのだそうです」

「セオドア・バーナード……バーナード子爵家の三男か」

「まさか、その家とレナード公爵との間になにかあるのですか？」

裁判官が当事者のどちらかとかかわりを持っている場合、その裁判からは外されるのが慣例である。裁判官個人のみならず、その出身家系もきちんと審査されているはずであり、実際、バーナード子爵家はサザーランド伯爵家、ガーランド侯爵家のいずれともあまりかかわりのない家柄だ。

しかし当事者ではないレナード公爵家とはどうだろうか。

「表立ったかかわりはないはずだ。ただ王宮の中枢にいる者の間では、今バーナード子爵家が進めている無茶な開発事業に出資しているのはレナード公爵家じゃないかってのは、前から言われていたんだよ」

「つまり、レナード公爵が『事業から手をひくぞ』と言って圧力をかけたら、バーナード裁判官は抵抗できずに従ってしまう可能性があるということですか？」

「その可能性はあると思う。結構大きな事業だし、バーナード子爵家はもともとそんなに資産がある家ではないからな。途中で出資者が手をひいたら、没落しかねない状況だ。……セシリア、今から一緒に来てくれないか？　場合によっては君に証言してもらうことになる」

「ええもちろん、どこへなりとご一緒します」

アイザックの言葉に、セシリアは真剣な面持ちでうなずいた。

◇　◇　◇

馬車に揺られること三十分余り。着いたところ王都を守る騎士団の総本部だった。

「これはスタンレー補佐官！　わざわざおいで下さるとは、一体なんの御用件でしょうか」

出迎えた騎士団長は愛想の良い口調で言った。彼は筋骨隆々とした壮年の男で、いかにもたたき上げと言った風貌である。

「急に押しかけてすまないね。実はセオドア・バーナード裁判官の護衛騎士を呼び出してほしいんだ。とりあえずは非番の方だけで構わない。そしてその人物の守秘義務を解いてほしい」

「……つまりバーナード裁判官の動向を調べたいということですか」

ことの重大さを察したのか、騎士団長はさっと笑みを消して言った。

「そういうことだ」

「まずは理由をお聞かせください」

「レナード公爵がバーナード裁判官に圧力をかけて、王立裁判所の判断に介入しようとしている疑惑がある。事実なら、これは王家に対する反逆行為だ」

「疑惑の根拠はなんですか？」

「根拠は二つある」

アイザックは先ほどのレナード公爵の「後悔するよ」という発言と、レナード公爵家とバーナード子爵家の繋がりについて説明した。

「レナード公爵の発言は、私とここにいるセシリア夫人が耳にしている。ラウンジの従業員も聞いているはずだから、君たちで確認を取ってくれても構わない。両家のつながりについては宰相室に資料があるから、必要なら今から私が取ってくるよ」

「いいえ、それには及びません。スタンレー補佐官がそこまでおっしゃるのなら、疑惑が存在することは紛れもない事実なのでしょう。騎士団としては謹んで調査に協力いたします」

騎士団長は確信に満ちた口調で言った。その態度からは、アイザック・スタンレーという人物に対する信頼のほどがうかがえる。

団長が部下に指示を出してから半ときあまり。バーナード裁判官付きの護衛騎士が騎士団本部に現れた。非番なので裏の官舎で休んでいたところを、たたき起こされてきたらしい。

彼は騎士団長によって守秘義務を解かれたあと、バーナード裁判官は一週間ほど前にレナード公爵によってレストランの個室に呼び出されたと証言した。ただし会話の内容までは把握していないとのことだった。

「とりあえずは、それだけ分かれば十分だ。私はこれから王立裁判所に行って、担当裁判官の交代を要請してくるよ」

アイザックは力強く請け合った。

そして三日後。ギルバートを通じて、「バーナード裁判官の体調不良による担当裁判官の変更」が原告のセシリアに伝えられた。

「王立裁判所にとって公正中立を疑われるのは耐え難い屈辱だからね。疑わしきは排除するっていうのが担当裁判官を決めるときの鉄則だし、レナード公爵の発言と担当裁判官との面会の事実さえあれば、交代は十分可能だと思っていたよ」

アイザックはそう解説した。

ちなみにレナード公爵とバーナード裁判官の共謀については、騎士団が今後も秘密裏に調査を続行するとのことだった。

「……それにしても、本当に危ないところでしたわ。アイザック兄様には王都に来て以来お世話になりっぱなしで、なんとお礼を言ったら良いか」

「いや、私がしたくてやっていることだから気にしないでくれ。役に立てて本当に良かった。……と言いたいところだが、新たに決まったのがあれだからな」

アイザックは複雑な表情で言った。

アイザックの言う「あれ」とは新たに担当することになったロバート・クロス裁判官のことだろう。

彼はこの道三十年のベテラン裁判官であり、レナード公爵家と並ぶ名門であるクロス公爵家の出身だ。

本来なら離婚裁判など担当する人物ではないのだが、前の担当者が外された理由が理由なだけに、王立裁判所側が「これなら文句ないだろう」と言わんばかりに、「外部の圧力に絶対に屈しない人間」を差し出して来たようである。

ちなみにギルバートによれば、クロス裁判官は今まで離婚裁判を担当したことはないため、離婚における判決傾向は全くの不明だとのこと。

ただクロス裁判官の年代の男性は、「夫人は夫に従うべし」という保守的な考えの持ち主が少なくない。

加えて名門貴族同士の連帯意識から、新興貴族のサザーランド伯爵家よりも伝統あるガーランド侯爵家に肩入れする可能性もある。

アイザックはそのことを危惧しているのだろう。

「それでもレナード公爵のひも付きの裁判官とは比べ物になりませんわ。クロス裁判官に分かっていただけるように、法廷で精いっぱい私の主張をするつもりです」

セシリアは覚悟を決めて微笑んだ。

◇　◇　◇

そして裁判当日。セシリアは新たに仕立てた藍色のドレスを身にまとい、髪を固く結い上げた姿で入廷した。法廷では清楚な印象を与えた方がいいと言うギルバートのアドバイスによるいでたちである。

向かいの被告席にはガーランド家の面々が勢ぞろいしている。被告ラルフ・ガーランドに老執事のジェームズ、義父のニコラス・ガーランドに義母のキャロライン・ガーランド。そしてレナード公爵の姿も見える。

（ようやく対決の時が来たんだわ……）

セシリアが原告席で緊張しながら待機していると、ほどなくして法服姿の厳《いか》めしい老人が法廷に姿を現した。

豊かな白髪に大きな鷲鼻、射貫くような眼差しはどこか猛禽《もうきん》類を思わせる。彼こそがセシリアの運命を握っているロバート・クロス裁判官その人だ。

やがて開廷の合図とともに、セシリアの提出した申立書が読み上げられ、続いて原告側の代理人であるギルバート・オブライエンが改めてセシリアの主張を述べた。

セシリアはラルフ・ガーランドと結婚式を挙げ、一か月半の間ガーランド邸で過ごしたが、ラルフは一度も夫としての義務を果たそうとせず、白い結婚のままであること。

ガーランド邸にはラルフと親しい若い女性アンジェラが同居しており、一か月の間、ラルフは毎晩のようにアンジェラのもとに通っていたこと。

ラルフはあらゆる面でセシリアよりもアンジェラを優先していたこと。

屋敷の内装もセシリアではなくアンジェラの意見が優先されたこと。

アンジェラが反対するので、セシリア近隣の夫人たちをお茶会に招待できず、貴婦人としての社交すらできなかったこと。

アンジェラが反対するので、セシリアはラルフと共に外出することもできなかったこと。

ラルフの態度に影響されて、屋敷の使用人たちもセシリアを侮るようになり、無礼な態度をとっていたこと。

「――以上の理由により、原告セシリア・ガーランドは被告ラルフ・ガーランドの有責による離縁を申し立てます」

ギルバートは朗々と宣言した。

第十一章　裁判での攻防

原告席に座るセシリアのことを、ラルフは悲壮な思いで見つめていた。

セシリアは記憶にあるよりもさらに美しくなっていた。

藍色の衣装が白い膚《はだ》に良く映えて、清楚で上品な雰囲気を醸し出している。まさに自分の妻に、ガーランド侯爵夫人にふさわしい女性である。

だからこそわざわざ迎えに来たと言うのに、当のセシリアは自分の手をはねつけて、あまつさえ法廷闘争にまで持ち込んだのだ。

（なぜだセシリア、君はそんな女じゃなかったはずだ！）

ラルフはひたすら熱い眼差しを注いでいたが、セシリアはラルフの方を見向きもせずに、ただ滔々と主張を述べる弁護士ギルバート・オブライエンのことを見守っている。

そのことが、余計にラルフをやるせない気持ちにさせた。

（ああセシリア、君は一体どうしてしまったんだ……！）

「――以上の理由により、セシリア・ガーランドは夫ラルフ・ガーランドの有責による離縁を申し立てます」

ギルバートはそう締めくくると、一礼して再び席に着いた。

「では被告ラルフ・ガーランド、主張をどうぞ」

裁判官に指名され、ラルフは慌てて立ち上がった。

ラルフ側に代理人弁護士はついていないので、主張も証人尋問も全てラルフ自ら行うことになっている。

老執事のジェームズからは「お願いですから弁護士を頼んでください！」と繰り返し懇願されていたのだが、レナード公爵が「なぁに大丈夫だよ、担当裁判官のセオドア・バーナードは私のちょっとした知り合いだからね。君たちが負けることは絶対にないから安心したまえ」と自信満々に保証してくれたので、「それなら必要ないな！」とそのまま放置していたのである。

ところがまさか直前になって、その裁判官が急病で交代になるとは思わなかった。あいにく新しい裁判官に関しては、レナード公爵はなんのコネクションも持ち合わせていないとのこと。

仕方なくそれから弁護士を探そうとしたものの、「今からではとても準備が間に合いません」とことごとく依頼を断られてしまった。

ジェームズは「だから言ったじゃないですか！　一応頼むだけ頼んでおいてくださいって！　だから言ったのに！　だから言ったのに！」と大騒ぎしていたが、こんな事態を予想する方が無理だろう。

（大丈夫だ。なんとかなる。いや、必ずなんとかして見せる）

ラルフはそう思いながら、裁判官席の方を見上げた。そこに座っているのは、いかにも厳格そうで保守的な雰囲気の老人だ。

ラルフ・ガーランドが正しいことを主張すれば、この人物は必ず理解してくれるはずだ。ラルフはそう信じて口を開いた。

「セシリアと白い結婚だったことは認めます。しかしそれは事情あってのことであり、けして夫としての義務を放棄していたわけではありません。私の態度がセシリアに誤解を与え、こんな事態に陥ったのは、本当に痛恨の極みです。しかし私は妻であるセシリアを心から愛しています！　これからもずっと夫婦として共にやっていきたいと思っています！　よって私は離婚申し立ての棄却を求めます！」

ラルフは堂々と力を込めて言い切った。

そして自分の言葉が与えた効果を期待して法廷内を見回したところ、セシリアは感動のあまりか、痛みに耐えるような表情を浮かべているし、担当裁判官であるロバート・クロスは厳《いか》めしい顔つきながらも、ラルフを温かく見守っているように思われた。

ラルフは満足と共に着席すると、隣のジェームズに「どうだ、上手くやったろう」と小声で囁《ささや》いた。対するジェームズは「まあ、他に言いようもありませんよね」とぼそぼそと答えた。

双方の主張が出そろったところで、いよいよ尋問が始まった。

原告であるセシリア側が最初に指名したのは、当事者であるラルフ・ガーランドである。

言われるままに証言台に進み出たラルフに対し、セシリアの代理人弁護士であるギルバート・オブライエンが淡々とした口調で問いかけた。

「先ほど白い結婚を続けたのは事情あってのこととうかがいましたが、具体的にどのような事情ですか？」

「はい。最初の一か月は、私の家族が体調を崩して不安がっていたので、付き添う必要があったのです」

「ご家族とはどなたのことですか？　失礼ですが、貴方のご両親は南の領地で暮らしておられるはずですよね」

「家族というのはアンジェラのことです。母の友人の娘で、子供のころから兄妹同然に育ったので、私にとっては妹のようなものなのです」

「なるほど、妹ですか」

その言い方にどことなく不快なものを感じて、ラルフは思わずむっとした表情を浮かべた。

「ところでそのアンジェラ嬢ですが、貴方の結婚式に純白のドレスを着て出席したと言うのは事実ですか？」

「はい。アンジェラは幼馴染である私の結婚を祝うために、一番似合うドレスを着てくれました。それがたまたま白だったのです」

「花嫁である原告に対抗しようと言う意図があったとは思われませんか？」

「まさか！　そんなのは下衆《げす》の勘繰《かんぐ》りもいいところです。アンジェラはセシリアと仲良くやりたいと心から望んでいたのですから、そんな意図があったはずはありません！」

ラルフははっきりと怒りを見せて言い切った。理不尽な言いがかりには毅然《きぜん》とした態度を取った方が、裁判官には好印象を与えるはずだ。

「貴方のお考えは分かりました。では結婚式の最中にアンジェラ嬢が失神したため、花婿である貴方自ら彼女を抱き上げて部屋まで運んだというのは事実ですか？」

「はい。だって家族がいきなり倒れたら、誰だって心配するでしょう？」

「自分の花婿という立場を考えて、従僕に任せようとは思いませんでしたか？」

「それは……あのときは気が動転していたので、思いつきませんでした」

「貴方は自らアンジェラ嬢を部屋まで運んだあと、母親が呼びに行くまでアンジェラ嬢に付き添っていた。そしてその後の披露宴も始まったらすぐに席を外してアンジェラ嬢のもとに行き、終わる直前になるまで戻ってこなかったというのは事実ですか？」

「……はい。その、とても心配だったので」

ラルフはぼそぼそと弁解した。

「大切な結婚式と披露宴の最中に、一人で残されていた花嫁のことはまるで頭になかったのですか？」

「それは……セシリアは健康なので、つい病人の方を優先してしまったのです。今考えると彼女には申し訳なかったと思っています」

「その夜も寝室に花嫁を待たせたまま、ずっとアンジェラ嬢に付き添っていたというのは事実ですか？」

「アンジェラが不安がっていたので、落ち着くまで一緒にいることにしたんです。そのまま朝になってしまったのは済まなかったと思っています」

「それで、それから一か月もの間、妻である原告を放置して、毎晩アンジェラ嬢の寝室に通っていたわけですね？」

「寝室に通うだなんて、いかがわしい言い方をしないでください。相手は体調不良なんですよ？　それにいつも女中頭のマーサが一緒でした」

「そのマーサという女性はガーランド家の使用人の中でも古株で、ガーランド家とアンジェラ嬢に対して大変忠誠心の厚い女性だと聞いていますが、事実ですか？」

「え？　はい。それはもう――」

素直に肯定しかけて、はっとする。この弁護士は「ラルフとアンジェラの命令なら、マーサは二人の逢瀬を見て見ぬふりをするだろう」と匂わせているのだ。

「忠誠心があるから何だって言うんですか？　いい加減に下衆《げす》な勘繰《かんぐ》りはやめてください！　私は不安がるアンジェラに付き添っていただけです！　我々の純粋な関係を、汚らわしい目で見ないでいただきたい！」

ラルフが思わず激高すると、ギルバートはやれやれと呆れたようにため息をついた。

「分かりました。貴方とアンジェラ嬢の関係についてはいったんおいておきましょう。とにかく貴方はそのアンジェラ嬢の不安な気持ちとやらを優先して、嫁いだばかりの原告の不安や心細さはまるで顧みなかったということですね。仮にアンジェラ嬢が実の妹だとしても、ありえないことだと思いませんか？」

「そ、それは……セシリアは分かってくれました」

「抗議すると貴方が先ほどのように怒るので、呑《の》み込まざるを得なかったのでは？」

先ほどのように、という言葉を強調してギルバートは言った。

ラルフは自分が「アンジェラとの仲について口出しされると激高する姿」をわざわざ披露してしまったことに、今さらながらに気が付いた。

「そ、それは確かに多少セシリアに我慢を強いた面はあったかもしれません。しかしその後やっぱりこのままではいけないと思って、私がアンジェラを説得したのです！」

不利を悟ったラルフは、何とか反撃を試みた。

「それでアンジェラは、夜は心細くても私抜きで我慢すると言ってくれたのです！」

「それで、どうしたのですか？」

「はい。それで私は夜はセシリアのところに通うようになったのです。ところが今度は毎晩のように喧嘩になってしまって……いえ、喧嘩と言って大したものではなくて、どこの夫婦でも体験するようなちょっとした行き違いです。しかしそんな状況下で閨《ねや》を共にすることなどできるわけありません、そうでしょう？」

「そうですね。確かに喧嘩の最中では閨《ねや》を共にするのは難しいでしょうね」

「でしょう？　しかも喧嘩の原因はセシリアです。それなのに私が夫の義務を放棄したというのは、さすがに無理があるんじゃないでしょうか」

「確かに喧嘩の原因が原告にあるのだとしたら、そうですね。では、具体的にはどんなことが原因だったのですか？」

「え、それはまあ、色々です」

「なにか一つで構わないので、具体例を教えてください」

「ええと、それは屋敷の内装を……」

「屋敷の内装を？」

「いえ、なんでもありません。喧嘩の原因は、その、セシリアが私と二人で……」

「貴方と二人で？」

ラルフは思わず言葉に窮した。

喧嘩の原因はセシリアが屋敷の内装を自分の好みでやり直したいと言ったことや、アンジェラを置いてラルフと二人で外出したいと言ったことなどである。

当時は「なんて思いやりのない身勝手な女なんだ！」と腹立たしく感じていたし、怒って当然のことだと思っていたが、今ここでそれを持ち出して裁判官に共感してもらえるかは自信がなかった。

下手をすれば相手側の主張する「アンジェラばかりを優先し、セシリアをないがしろにしていた夫」というイメージを補強することにもなりかねない。

黙り込むラルフに対し、法廷中の視線が降り注ぐ。

「ええと、喧嘩の原因は……原因は……」

助けを求めるように法廷内を見回すと、父は苦虫をかみつぶしたような顔でこちらを睨みつけているし、レナード公爵は不機嫌そうにふんぞり返っている。母は泣きださんばかりの表情で、ジェームズに至っては万事休すとばかりに頭を抱え込んでいた。

「原因は……」

うろたえるばかりのラルフに対し、ギルバートがやれやれとため息をついた。

「貴方が答えられないようなので、私が代わりに説明しましょう。喧嘩の原因は、原告がアンジェラ嬢の選んだ内装があまりにひどいので自分がやり直したいと言ったことや、夫である貴方と二人で外出したいと言ったことなどですね？」

「はい……」

「いずれにしても原告は妻として、女主人として、ごく当たり前のことを要求したに過ぎません。しかし貴方はそれに対して『君はアンジェラをないがしろにするのか』と激高し、それで喧嘩になったのです。改めてお聞きしますが、貴方はそれでも自分にはなんの責任もなく、すべて原告の責任だと主張するのですか？」

「そ、それは……それは確かに客観的に見れば、セシリアの言っていることは当たり前の要求なのかもしれません。しかしそれらは全て、私が以前から嫌がっていたことばかりなのです！　セシリアはそれを知っているはずなのに、わざわざ私に対してそんなことを持ち出したのです！　それも決まって夜になってから……あれではまるで、あえて私を怒らせて、私と閨《ねや》を共にすることを避けていたみたいです！」

必死な思いでそう叫んでから、はっとする。

（……もしかして、本当にそうだったのか？）

セシリアは自分との夜を避けるために、あえて自分を怒らせていたのか？

あのころからすでに、セシリアの自分に対する愛情はなくなっていたのか？ ラルフが衝撃のあまりセシリアの方に視線を向けると、セシリアは冷え切った眼差しで自分のことを見つめていた。

呆然と立ち尽くすラルフに対し、ギルバートは冷たい声音で言葉を続けた。

「――分かりました。あくまで喧嘩の原因は原告にあるとおっしゃるのですね？」

「いえ、私にも若干問題はあったかもしれませんが、しかし……」

「まあ、どちらに責任があるかはいずれ公的な判断が下されるでしょう。それでは次の質問に移ります。貴方は貴方とアンジェラ嬢はあくまで単なる幼馴染であり、なんらやましい関係ではなかったと主張していますが、事実ですか？」

「はい。アンジェラとは子供のころからずっと一緒に育ったので、私にとって妹のような存在なのです。やましい関係になったことなどただの一度もありません！」

質問が変わってほっとしたラルフは、堂々と胸を張って言い切った。

「ではアンジェラ嬢の存在が、原告の妻としての立場を脅かすことになるとはまるで考えていなかったのですか？」

「そんなことは考えたこともありません。アンジェラはセシリアと友人として仲良くやっていくことを望んでいましたし、私としてもそれを期待していたのです。不幸な行き違いによってこんなことになってしまったことは、本当に残念でなりません」

「そうですか」

ギルバートは静かにうなずくと、ラルフをひたと見据えて、言葉を続けた。

「それでは結婚式の当日になるまで、アンジェラ嬢の存在を、原告及びサザーランド家に対して隠し通していたのは何故ですか?」

「え、それは……」

ラルフは虚を突かれて口ごもった。

言われてみれば、自分はいったいなぜアンジェラのことをセシリアに話さなかったのだろう。

優しいセシリアならきっと笑顔でアンジェラを受け入れてくれる、アンジェラとも仲良くやってくれる、そう信じていたはずなのに、一体なぜ?

ラルフは己の記憶を改めて振り返ってみた。

「そうだ。確か最初の顔合わせの時は、レナード公爵からアンジェラのことは絶対に話さないようにと釘を刺されていたのです」

レナード公爵は初顔合わせの前に片目をつぶってこう言ったのだ。「いいかいラルフ、間違ってもセシリア嬢の前でアンジェラ嬢のことを口に出しちゃあいけないよ。女ってのはやきもち焼きなもんだからね。いきなり他の女の話なんかされたら、むくれて帰ってしまいかねないよ。そんなことになったら私の顔は丸つぶれだ」と。

だからラルフはレナード公爵の顔をつぶさないために、アンジェラのことを話さなかった。

ラルフとしても「しょせん今日はただの顔合わせだし、話すのは正式に婚約が成ってからでも構わないだろう」という意識があったため、特に抵抗を覚えなかった。

「私はセシリアと正式な婚約が決まったあとの最初のデートで、ちゃんと話すつもりだったのです。しかし、そのときは確か母に反対されて……そう、母はアンジェラを南の領地に一緒に連れて行くつもりだから、セシリアにはわざわざ話さなくて良いって、確かそう言っていたのです」

そう、母は確かにそう言っていた。「貴方たちが結婚したら私とお父様は南の領地に行くけど、そのときアンジェラも一緒に連れて行くつもりだからね。だからわざわざアンジェラのことをセシリアさんに話す必要はないわ。だってほとんど会うこともない女性のことを話されたって、セシリアさんも困るでしょう？」と。そしてラルフは、それもそうかと納得したのだ。

「しかし結局アンジェラ嬢は屋敷に残ることになったのですね？」

「はい。母と一緒に南の領地に行くことを、本人が泣いて嫌がったのです」

母がアンジェラを南の領地に誘ったところ、アンジェラは「この家を離れるなんて絶対いや！ラルフと離れるなんて絶対いや！　私、ラルフがいなかったら生きていけないわ！」と声を上げて泣きじゃくった。母はそれでもめげずにしばらく説得を続けていたが、アンジェラは頑として引かなかった。

そして女中頭のマーサをはじめとする女性使用人一同が「奥様、後生ですからアンジェラ様のお好きなようにさせてあげてください！」「無理にラルフ様と引き離したりしたら、アンジェラ様は悲しみのあまり死んでしまいます！」と口々に訴えたために、母はアンジェラを連れて行くのをついに断念したのである。

「アンジェラが屋敷に残ることが決まったときには、もうセシリアとの婚約期間も終わりかけて、結婚式が間近に迫っていました。それで私はデートのときにセシリアに話そうと思ったのですが……そのときは、そうだ、父に反対されたのです」

父は確かこう言っていた。「ラルフ、アンジェラのことをセシリア嬢に話すのはやめなさい。今になっていきなり言われてもセシリア嬢も困るだろう。結婚前の女はデリケートなものだし、無駄に不安をあおるような真似はすべきでない」と。

「なるほど、よくわかりました」

ギルバートは嘆息《たんそく》と共にうなずいた。

「分かっていただけましたか！　そう、ただの成り行きだったのです」

「いえ、ガーランド侯爵家と紹介者のレナード公爵全てがぐるになって、原告とサザーランド伯爵家を意図的に欺いていたことが良く分かりました。そして貴方はそれを追認したと言うわけですね」

「いえ欺くなんて、そんなつもりは……」

「結婚式当日の、もはや引き返せない状況になってから知らされた原告の気持ちを、貴方は全く想像しなかったのですか？」

「それは……確かにちょっとびっくりするだろうなとは思っていました。しかし会ってしまえばなんとなると……アンジェラに実際に会って彼女の人となりを知れば、きっと打ち解けてくれると思っていたのです……！」

「もう結構です。私から被告に質問したいことは以上です」

裁判官からもう下がってよいと言われ、ラルフはふらふらと被告席に戻ってきた。そしてぐったりと椅子に身を沈めるラルフに対し、ジェームズが非難がましく囁《ささや》いた。

「旦那様、貴方はなんてことをしでかしてくれたんですか！」

「だって仕方がないじゃないか。他に一体どう言えと言うんだ？　全て私が独断でアンジェラのことを隠すと決めたとでも言えば良かったのか？」

ラルフがむっとして言い返すと、ジェームズは「あんたは馬鹿ですか」と吐き捨てた。

「そんなの決まってるじゃないですか。アンジェラのことはちゃんと話したはずだと言えば良かったんですよ！」

「え」

「私はちゃんと婚約時代にアンジェラのことは打ち明けている。それをセシリアがうっかり聞き流してしまったか、聞いたことを忘れてしまったのだろうと言えば良かったのです。デート中の会話なんてどうせ他に証言できる者もいないんですから、どうとだって誤魔化せますよ。デートにのぼせ上った小娘が、ぽーっとなって聞き漏らしたと考えれば、別に不自然でもありませんしね。いやもちろんあっちは聞いてない、不自然だと言ってあれこれ応戦してくるでしょうが、それにしたって水掛け論にしかなりません。いや最悪の場合でも、旦那様としてはちゃんと話したつもりになっていた、しかしついうっかり言い忘れてしまったのかもしれない、と言う形にできました。それなのに馬鹿正直にべらべらべらべら、意図的に話さなかったと暴露して……ああもう、本当に全くもう！」

薄くなった白髪頭をかきむしるジェームズを前に、ラルフはぽかんと口を開けていた。

確かにジェームズの言う通り、自分は一体なにをしでかしてしまったのだろう。

見ればレナード公爵は鬼のような形相でラルフのことを睨んでいるし、父は土気色の顔をして
「お前ってやつは……お前ってやつは……！」とぶつぶつ呟いている。そして母に至っては、ハンカチに顔をうずめてしくしく泣いているようだった。

（俺は一体なにを……）

「続いて証人尋問に移ります」

てんやわんやの被告席に、裁判官の無情な声が響いた。

◇◇◇

原告側が最初に証人として指名したのは、バークリー商会の人間だった。

主尋問に立ったギルバートがガーランド家におけるセシリアの状況について質問すると、商会の人間は自分たちがガーランド邸を訪問したとき、女性使用人たちは皆セシリアではなくアンジェラをちやほやと取り巻いていたことを証言した。

「あれではまるでセシリア様ではなく、アンジェラ様の方が女主人のようでした」

商会の人間は憤懣《ふんまん》やるかたない、といった調子でそう口にした。

唯一セシリアの方についてきた侍女アンナもセシリアに対しては横柄な態度で、セシリアに仕え

ているというよりは、セシリアが逃げ出さないように見張っている監視役のように見えたとのこと。証言の最中に、ジェームズが「バークリー商会はサザーランド家の手先です！　だからそんなでたらめを言うのです！」と声を張り上げ、裁判官から「静粛に！」叱責される一幕があったものの、主尋問はおおむね滞りなく終わった。

続いてラルフが反対尋問に立つことになったわけだが、先ほどのショックがまだ癒えていないこともあり、ほとんど何も聞けないままに終わってしまった。実際のところ、バークリー商会の者になにを聞いていいやら分からなかったという面もある。

次に被告側の指名した証人として、ジェームズが証言台に立った。

ラルフによる主尋問において、ジェームズは問われる前から自分でぺらぺらと喋りまくり、いかにラルフがセシリアを大切にしていたか、いかにガーランド家の使用人一同がセシリアを歓迎していたか、誠心誠意仕えようとしていたかについて熱弁をふるった。

「先ほどバークリー商会の者がガーランド邸を訪れたときのことについてあれこれ言っていたようですが、私に言わせれば、バークリー商会がガーランド邸を訪れた、まさにそのこと自体が、ガーランド家がいかに奥様を大切にしていたかの証明に他なりません！　なんとなればガーランド侯爵家では代々レイノール商会のドレス工房でドレスを作るのが昔からの伝統だからです。しかし今回は奥様のご希望に従って、あえて伝統を破り、奥様が懇意《こんい》にしていたバークリー商会の者を呼び寄せたのです！　これ一つを取って見ても、いかに旦那様とガーランド家の者たちが奥様を大切にしていたかが分かろうというものではありませんか！」

主尋問という名のジェームズ独演会が終わると、今度はギルバートが反対尋問に立った。

「先ほど貴方はバークリー商会の者を呼んだのは、原告の希望に従ったためだと言いましたが、実際はアンジェラ嬢がバークリー商会のドレス工房は王女様の御用達だと聞いて、そこでドレスを作ってみたいと言ったからではありませんか？」

「それはひねくれた見方というものです。確かにアンジェラ様も奥様のついでにバークリー商会でドレスを作ることになりましたが、バークリー商会の者を呼んだのは、あくまで奥様のご希望があればこそです」

「そうですか。先ほど貴方はガーランド家の使用人一同が原告を心から歓迎していたと述べましたが、事実ですか？」

「はい。紛れもない事実です。美しく聡明な奥様をお迎え出来ることを、使用人一同は心から喜んでいたのです」

「私が原告から聞いた話によれば、女性使用人は皆アンジェラ嬢と被告を恋人同士だと考えており、原告を二人の仲を引き裂く邪魔ものとみなして敵視していたということですが、それについてはどうお考えですか？」

「それはとんでもない誤解です。奥様がそんな誤解をなさっていたとは、実に悲しい限りです」

ジェームズは悲壮感たっぷりに首を横に振って見せた。

「原告は女性使用人たちから色々と嫌がらせを受けていたと主張していますが、それについてはどう思いますか？」

「そんなこと絶対にありえません！　おそらくサザーランド家でお育ちの奥様は、ガーランド家のやり方になじめずに、色々と不幸な行き違いがあったのではないでしょうか」

「分かりました。私が聞きたいことは以上です」

ギルバートはあっさりと反対尋問を終わらせた。

そして裁判官から下がってよいと言われたジェームズは、恭《うやうや》しく一礼すると被告側の席へと引き上げた。

「なんだか、随分あっさり終わったな」

ラルフがジェームズに声をかけると、ジェームズは「まあ、私はなにを聞かれてもぼろを出したりはしませんからね」と軽く肩をすくめて見せた。

「屋敷内のことを今さらあれこれ言い立てたところで、しょせん奥様以外の証言がない以上は限界があります。あの弁護士もそれを悟って、早々に諦めたのでしょう。おかげでガーランド家について良い方にアピールできましたし、これで多少は巻き返せていたらいいのですが――」

ジェームズは言葉の途中で、凍り付いたように固まってしまった。

「どうしたんだ？　ジェームズ」

視線を辿ると、まさに一人の女性が証言台へと向かう所だった。つまりは彼女が原告側の指名した二人目の証人なのだろう。地味な顔立ちの若い女性だが、どことなく見覚えがあるのは気のせいだろうか。

「ジェームズ、あれは誰だろう」

「分からないんですか……？」

ジェームズはかすれた声でつぶやいた。その顔はなぜか蒼白になっている。

「――それでは、名前と職業を述べてください」

「私の名前はケイト・スミス。以前はガーランド家でメイドをしておりました」

裁判官の言葉に対し、女性はそう返答した。

証言台に立つケイト・スミスに対して、ギルバートがさっそく主尋問を開始した。

「それではスミスさん、まずは被告とアンジェラ嬢の関係について、女性使用人の間ではどう認識されていたのか教えてください」

「はい。旦那様とアンジェラ様は幼いころからの恋人同士だというのが私ども共通の認識でした。女中頭のマーサさんがいつもそう言っていましたし、私たちから見ても旦那様とアンジェラ様はとても仲が良かったので、そうなんだろうなと思っていました」

「なるほど。それではその被告と結婚した原告についてはどういう認識だったのですか？」

「はい。奥様は旦那様に横恋慕して、旦那様とアンジェラ様の間に無理やり割って入ったのだとみんな思っていました」

「それでは原告に対する印象はあまり良いものではなかったでしょうね」

「はい、それはもう。マーサさんはいつもあの横恋慕女は許せないと言っていましたし、私どもも皆で嫌がらせをして追い出してやろうと盛り上がっていました」

「それで実際に嫌がらせをしたのですか？」

「はい。主に侍女のアンナさんが嫌がらせの実行役でした。奥様に出すお茶をわざとまずく淹れたり、奥様の髪を結うときにきつく引っ張ったり、奥様が顔を洗うお湯を冷水にしたりと色々やっていたようです」

「貴方はアンナのしたことをどうやって知ったのですか？」

「アンナさん本人から聞きました」

「個人的に聞いたのですか？」

「いいえ。アンナさんはいつも仕事終わりの女中部屋で、その日奥様にやった嫌がらせを披露するのが日課になっていたんです。報告相手は主にマーサさんでしたけど、女中部屋には私たち他の女性使用人もおりましたから、みんなで一緒に聞いて盛り上がっていました。アンナさんは『あの女はこんな顔をして怒ってたんですよ』と、奥様の物まねをしながら面白おかしく披露するので、私たちはいつも皆で腹を抱えて笑ったものです」

第十二章　セシリアの主張

（改めて聞いても酷いものね……）

ギルバートとケイトのやり取りを聞きながら、セシリアは複雑な思いをかみしめていた。

ガーランド家の元メイド、ケイト・スミスを見つけ出したのはギルバートのお手柄である。ジェームズは使用人たちに緘口令を敷いていたようだが、つい最近辞めさせたばかりのメイドにまでは手が回らなかったものと思われる。

彼らしからぬ不手際だが、おそらく肝心のラルフがまともに動こうとしなかったために、離婚に対する異議申し立てやら義父母への連絡やらレナード公爵への連絡やら一切の雑務がジェームズに降りかかってきたがゆえだろう。

途中でジェームズが「ケイト・スミスは仕事をさぼってばかりでガーランド家を解雇された人間です！　ガーランド家に悪意があってそんなでたらめを言うのです！」と絶叫し、裁判長から「静粛に！」と叱責される一幕があったものの、主尋問はおおむね滞りなく進んだ。

ちなみにギルバートに聞いたところによれば、ケイトが怠惰を理由に解雇されたと言うのは紛れもない事実であるらしい。そんな人間の証言では信ぴょう性が薄いのではと心配だったが、主尋問における彼女の話は実に生々しく臨場感に溢れており、本人の信用性を差し引いても、それなりの効果は見込めそうな印象だ。

おそらく事前にギルバートの指導の下で徹底した練習があったのだろう。

そして主尋問が終わり、ラルフによる反対尋問が始まった。ラルフはしばらく口をパクパクさせていたが、ようやく絞り出すような声で「その……今のは事実なのか？」とケイトに向かって問いかけた。

「はい。紛れもない事実です」

「そ、それなら、なんで私に伝えてくれなかったんだ？」

「え、なにをおっしゃってるんですか。私みたいなヒラのメイドが旦那様とお話しする機会なんてあるわけないじゃないですか」

ケイトはきょとんとした様子で首を傾げた。

「機会なんて作ればいいだろう？　空いた時間にでも私の執務室に来て伝えてくれれば良かったんだ！」

「なんで私がそんなことをしなきゃならないんですか？」

「なんでって」

「そんな告げ口みたいなまねをして、マーサさんに嫌われたらあの屋敷ではやっていけませんよ。第一旦那様だって奥様のことを散々ないがしろにしていたじゃないですか。だから私たちは奥様に嫌がらせすることは、旦那様のご意思でもあると思って頑張ったんです」

「違う！　私はそんなつもりはなかった！　私はセシリアを愛してたんだ！」

「でもマーサさんが『旦那様とアンジェラ様は本当にお似合いですね』って言ったとき、旦那様はいつも否定しないで笑ってらしたじゃないですか」

「そ、それは……そんなのはただの軽い冗談じゃないか！　だから深く考えずに適当に流していただけだ！」

（そういうところが問題なのよね……）

セシリアは小さくため息をついた。彼の言う「軽い冗談」が、妻の気持ちを、その体面を、どれだけ傷つけるかをまるで考えようとすらしない。

想像力の欠如。考えなしで無神経。それがラルフ・ガーランドという男の本質なのだろう。明確な悪意こそないものの、ある意味それよりもたちが悪い。

こんな男とはとてもやっていけない、セシリアは改めてその思いを強くした。

やがて被告席に戻ったラルフは、ジェームズになにやらどやしつけられていたようだが、もはやセシリアの知ったことではない。

「では、これで証人尋問を終わります」

ロバート・クロス裁判官が重々しく宣言した。

戦いは終わった。あとは結果を待つばかり――そう息をついたセシリアに対し、裁判官は言葉を続けた。

「閉廷する前に、私から質問させてもらいます。――原告セシリア・ガーランド」

「はい」

いきなり指名されたセシリアは、戸惑いながらもすぐにその場で起立した。

一体何を聞かれるのだろう。

セシリアは妙な胸騒ぎを覚えつつも、なんとか平静を保とうと深呼吸した。

「貴方と被告が白い結婚を継続した事情についての質問です」

クロス裁判官は感情を交えない淡々とした口調で言った。

「被告ラルフ・ガーランドは、結婚して一か月を過ぎてからは毎晩貴方のもとに通うようになったが、貴方が決まって被告が嫌がる話題を持ち出したために、初夜を行えなかったと主張しています。まるであえて自分を怒らせて、閨《ねや》を共にすることを避けていたみたいだと。そこで貴方にお聞きします。貴方は被告ラルフ・ガーランドとの閨《ねや》を避けるために、わざと被告を挑発していたのですか？」

クロス裁判官の質問は、あらかじめ想定されていたものだった。ギルバートからは「仮にそう聞かれた場合、自分は当然の要求をしただけだ、彼を怒らせるつもりなんて全くなかったと答えてください」とのアドバイスを受けている。セシリアがはっきり否定してしまえば、それ以上の追及はないだろう、と。

ゆえにセシリアは否定しようと口を開いた。しかしその瞬間、クロス裁判官の射貫くような眼差しがセシリアの視線を捉えた。猛禽類《もうきん》を思わせる双眸は、セシリアの心の奥深くまで見透かしているかのようだった。

今この人の前で嘘をついてはいけない、この人はきっと真実を見抜く――何故かそんな確信があった。

「……そうです。私はガーランド様との閨《ねや》を避けるために、わざと挑発したのです」

セシリアは少しためらったのち、明瞭な口調で言い切った。

「なぜですか？　貴方はラルフ・ガーランドに望んで嫁いだのではなかったのですか？」

クロス裁判官は先ほどと同様に感情を交えない声音で尋ねた。

「望んで嫁ぎましたし、嫁いだのちも、ガーランド様と真っ当な夫婦になることを心から望んでいました。しかしその気持ちを変えてしまうおぞましい出来事があったのです」

「おぞましい出来事とはなんですか？」

「ガーランド様が初めて私と閨《ねや》を共にしようとする数時間前のことです。アンジェラさんが私のもとに来てこう言ったのです。私とガーランド様の子供はアンジェラさんの子供も同然だ、だから名前はアンジェラさんが好きに付けていい、そうガーランド様から言われたと」

『――ラルフが私たちの子供は君の子供みたいなものだよって言ってくれたの。名前も君が好きなように付けていいよって』

「子供が生まれたらアンジェラママと呼ばせて、うんと可愛がるつもりだとも言っていました。それもガーランド様は了承済みだと」

『――だからね、ラルフの子供が生まれたら、アンジェラママって呼ばせてうんと可愛がるつもりよ』

「そして最後にこう言いました。出産は大変だろうが、自分たちのために子供をたくさん産んでくれと」

『――だからセシリアさん、出産は痛くて大変で命懸けだっていうけど、私たちのために頑張って元気な赤ちゃんをたくさん産んでちょうだいね？』

「それで私は……私は生まれてくる子供はアンジェラさんの玩具《おもちゃ》にされるのだと思いました。他でもない父親の手によって、玩具《おもちゃ》としてアンジェラさんに差し出されるのだと」

当時のおぞましさが蘇《よみがえ》り、声が震えそうになる。

「ガーランド様は私よりアンジェラさんを優先しているのみならず、生まれてくる子供よりもアンジェラさんを優先するつもりなのだと思いました。そんな相手と閨《ねや》を共にするのは苦痛でしたし、なによりも、あえて不幸になると決まっている子供を作る気にはなれなかったのです」

セシリアが返答を終えたあとも、法廷内は水を打ったように静まり返っていた。

咳一つ、ため息一つ聞こえない。

クロス裁判官も無言のまま、今しがた聞いた事情を頭の中で反芻《はんすう》しているようだった。

ややあって、裁判官は再び口を開いた。

「……そういう理由で閨《ねや》を共にしたくないと、被告に伝えようとは思わなかったのですか？」

「思いませんでした。私がガーランド様と別れようとしていることを、ガーランド家の者に知られることが恐ろしかったのです。私の実家であるサザーランド家の援助がなければ、ガーランド家は立ちゆきません。ガーランド様はともかく、執事のジェームズは私の重要性をきちんと理解しているようでしたから、私が離婚を匂わせようものなら、ガーランド様をせっついて、既成事実を作らせようとしたでしょう。そうなってはもうおしまいです」

セシリアは被告席に座るジェームズに視線を向けた。

「屋敷を出ようとしましたが、常に監視が付いていて、一人で脱出することは不可能でした。ですから私は外部からの助け手を……バークリー商会を待つ間、時間を稼ぐ必要がありました。そこで毎晩あえてガーランド様の嫌がる話題を持ち出して、あの方を挑発したのです。卑怯なやり方かもしれませんが、今も後悔しておりません」

「分かりました。私からの質問は終わります。それでは閉廷いたします」

話し終えたセシリアは、崩れるように原告席に座り込んだ。

◇　◇　◇

「勝手なことをして申し訳ありませんでした」

裁判終了後、セシリアはギルバートに謝罪した。

「いいえ、あの場合はあれが正解だったかもしれません」

ギルバートは苦笑するように言った。

「証明できない不利な事実は認めないのが裁判の定石なのですが、貴方の先ほどの訴えは非常に印象的でした。それが吉と出るか凶と出るかはまだ分かりませんが……吉と出ることを祈りましょう」

「はい」

判決が下りるのは一週間後。今はただ、ロバート・クロス裁判官の良識を信じたい。

その後セシリアはギルバートと別れ、家族との待ち合わせ場所に向かったが、その途中でガーランド家の面々と鉢合わせした。

夫ラルフと義父ニコラス、義母キャロライン、そして老執事のジェームズ。

セシリアは軽く会釈して行き過ぎようとしたのだが、義母のキャロライン・ガーランドに呼び止められた。

「待ってちょうだい、セシリアさん」

「ご無沙汰しております。お義母様」

セシリアは仕方なく足を止めて挨拶《あいさつ》した。義母と会うのは結婚式以来だが、記憶にあるより若干やつれたような気がする。目は赤くなっており、泣きはらしたような跡があった。

「ごめんなさいね、セシリアさん。あのメイドや貴方の話を聞いてびっくりしたわ。アンジェラとマーサの性格は分かっていたけど、まさかそこまでひどい状態になるとは思わなかったの。アンジェラを南の領地に連れて行かなかったことを、本当に後悔しているのよ」

「そうですか」

「あのね、言い訳になってしまうかもしれないけど、私はなにも貴方を騙すつもりじゃなかったのよ。あのときは本当にアンジェラを南の領地に連れて行くつもりだったの。だけどね、マーサがどうしても……」

「お義母様、もう済んだことですから」

実際のところ、義母が嘘をついているとは思わない。嘘をついてセシリアを陥れるような悪意や狡猾さはこの人にはない。

義母はただ、どうしようもなく弱いのだ。

アンジェラやマーサのような押しの強い人間には逆らえず、結局言いなりになってしまう。そして他人を傷つける。

「ねえセシリアさん、貴方が帰って来てくれるなら、今度こそアンジェラを南の領地に連れて行くと約束するわ。ラルフもそれは仕方ないって言っているし。マーサのことは主人とジェームズが説得してくれるそうだから、今度は絶対大丈夫よ。だからね――」

「お義母様、私の意思は変わりません。まずは判決を待ちましょう。それでは」

「待ちたまえ。私からも話がある」

立ち去ろうとするセシリアを、今度は義父のニコラス・ガーランドが呼び止めた。セシリアはため息をつきたくなるのをこらえ、義父の方に向き直った。

「なんでしょうか、お義父様」

「我がガーランド家の使用人が君に無礼を働いたようだな。今思えば、君が侍女を連れてくるのを許可しなかったのは誤りだったのかもしれない」

「もう済んだことです」

「君が息子とやり直してくれるなら、実家から侍女を連れてくることを許可しよう。サザーランド家の援助のことを家の者たちに話してもいい。それでもう使用人に侮られることはないはずだ」

義父はまるで下々に慈悲を垂れるような調子で言った。

分かっている。義父にはなんの悪気もない。どこまでも高慢で気位が高いだけなのだ。

新興伯爵家のサザーランドよりも伝統ある侯爵家のガーランドの方がはるかに格上なのだから、尊大な態度を取って当然なのだと思い込んでいる。

「お義父様、いずれにしても私の意思は変わりません。一週間後を待ちましょう。——それでは、失礼いたします」

セシリアはもう一度頭を下げると、ガーランド家の面々に背を向けた。背後から「待ってくれ、セシリア！」というラルフの声が聞こえたが、もう立ち止まらなかった。

「セシリア、玩具《おもちゃ》だなんて、そんなつもりはなかったんだ！」

すがるようなラルフの声が追ってくる。じゃあどんなつもりだったのかと、今さら問いただす気にもなれない。

（とにかく一週間後だわ）

一週間後、一週間後だ。一週間後に全てが決まる。

ああどうか、もう二度とガーランド家の人間と関わらずに済むように。

セシリアは心からそう祈った。

第十三章　そして判決は

「本当に裁判になっちゃったのね……」

アンジェラは便せんを握りしめながら、震える声でつぶやいた。

ラルフからの手紙によれば、セシリアは頑として離婚の意思を変えようとせず、結局裁判になったという。

結果がどうなるかはまだ不明だが、そのままラルフ有責で離縁が成立する可能性も十分あり得るとのこと。

（信じられないわ。セシリアさんたらあれだけラルフを愛してたくせに、こんな簡単に心変わりするなんて……）

青ざめるアンジェラに対し、マーサが嬉々とした調子で声をかけた。

「旦那様ったら、なんで裁判なんてなさるんでしょうね。あの女が帰ってこないなら、結構なことじゃありませんか」

マーサの言葉に、他のメイドたちも同調する。

「そうですよ。元からあの女は旦那様にもこの家にも全然似合ってませんでしたしね！」

「旦那様にふさわしいのはアンジェラ様しかいませんよ！」

「あの女もそれを思い知ったから離婚する気になったんじゃないですか？」

能天気な彼女らに、アンジェラは苛立ちを覚えた。

彼女たちは知らないのだ。ラルフとセシリアが離婚する。そのことが、いったいなにを意味するのか。

「みんな、そんなことを言わないで。私はセシリアさんとラルフが別れたら悲しいわ」

アンジェラがたしなめるように言うも、彼女らはまるで聞く耳をもたずにはしゃぎ続ける。

「まあアンジェラ様はなんてお優しいんでしょう」

「ですがあの女は自分から出て行ったんですもの。さすがにもう同情してやる必要はございませんよ」

「あの女が片付いたら、いよいよ旦那様とアンジェラ様の結婚式ですね」

「愛し合うお二人がようやく結ばれるのですね、なんてロマンティックなんでしょう」

「アンジェラ様の花嫁姿はあの女の何倍も素敵でしょうね。今からすごく楽しみです」

「だからそんなことを言わないでって言ってるでしょう！」

かっとなって怒鳴りつけてから、アンジェラははっと息を呑《の》んだ。

今のは「天使のようなアンジェラ様」に似つかわしい言動ではなかった。

驚愕《きょうがく》に固まっているメイドたちに、アンジェラは慌てて弁解した。

「ご、ごめんねみんな。私ちょっと頭が痛くて、イライラしてしまったの」

「まあ、アンジェラ様は体調がお悪かったのですか」

「うるさくしてしまって申し訳ありません」

「あんたたちの声は甲高いのよ。アンジェラ様、ご気分が悪いならお部屋でお休みになりますか」

マーサの言葉に、アンジェラはほっとして「ええ、そうするわ」とうなずいた。

そして心配するマーサを追い払ってから、アンジェラは寝室のベッドの中でもう一度手紙を読み返した。

しかし何度読み返しても、手紙の内容は変わらなかった。

離婚に向けたセシリアの意思は非常に固く、結局裁判になってしまった。

ラルフ側は弁護士を雇えず自力でやるほかないのに対し、セシリア側は凄腕の弁護士を雇っているため、彼女の希望が通る可能性が高い、云々。

(セシリアさんてば、本気でラルフと別れるつもりなの……?)

改めて考えてみても、アンジェラとしては到底信じられない思いだった。

ラルフを熱っぽい眼差しで見上げるセシリア。

ラルフに「君はアンジェラを疎外《そがい》するつもりなのか」と叱責されて項垂れるセシリア。

ラルフとじゃれあうアンジェラを、嫉妬に燃えた目で見つめるセシリアの姿が、アンジェラの脳裏に焼き付いている。

——いや、いつからか、セシリアはそんな姿を見せなくなった。

思い返せばあの日から、アンジェラがラルフとこれ見よがしにじゃれあって見せても、平然とした顔で受け流すようになっていた。

あの日――アンジェラが子供についてセシリアに話した日。

あのときのセシリアの絶望に満ちた顔が蘇《よみがえ》る。やはりあれが原因なのだろうか。

（セシリアさんたら、あんなのはほんの冗談じゃないの！　ほんの冗談を真に受けて離婚しようだなんて、ちょっと我慢が足りないんじゃないかしら）

心の中で罵倒しても、今さら時間は戻らない。自分のちょっとした嫌がらせは、どうやら思った以上の効果を上げてしまっていたらしい。

どうしよう。もし本当に離婚が、それもラルフ有責で成立してしまったら、そのときは――

（ううん、大丈夫よね。ジェームズがうまくやってくれるわ。それにいざとなったらレナード公爵様がきっとなんとかしてくれる。だから大丈夫よ、うん、大丈夫！）

離婚なんて成立させない。

離婚申し立ては棄却されて、セシリアはラルフと一緒にこの屋敷に帰ってくる。支援金も今まで通り。幸せなガーランド家の日常はこれからもずっと続くのだ。

自分にそう言い聞かせているうちに、次第に不安は治まって、アンジェラはそのまま眠りに落ちて行った。

◇　◇　◇

アンジェラが幸せなお昼寝タイムを満喫しているのと同時刻、ガーランド家の集うホテルの一室は重苦しい雰囲気に包まれていた。

「跡取りの命名権を居候《いそうろう》ごときに投げ与えるとはな。まさかお前がそこまで愚かとは思わなかったぞ」

項垂れるラルフに対し、父ニコラス・ガーランドは忌々しげに吐き捨てた。

「申し訳ありません、父上」

「おまけに法廷でのあのざまはなんだ。あの品のない使用人ふぜいに、言うに事欠いて『なぜ教えてくれなかった』だと？　あんな下賤《げせん》な者の言うことなど、取るに足らんと一笑にふせばいいではないか！　伝統あるガーランド家当主ともあろう者が、よもやこんな出来損ないだとは、ああ、ご先祖様がどれほど嘆いておられるか！」

「貴方、なにもそんな言い方しなくても……」

母キャロライン・ガーランドがおずおずと口をはさんだところ、今度はそちらに矛先が向いた。

「黙れ。そもそもお前があんなたちの悪い小娘を引き取ったりするからいかんのだ」

「で、でもアンジェラはどこにも行くところがなくて」

「それがどうした。あんな娘、その辺で野垂れ死ねば良かったではないか。せめて年頃になったらどこぞの後妻にでも出せばよかったものを、放置した挙句にこの始末だ。ああ、馬鹿な息子に馬鹿な妻。私はなんて不幸なんだ！」

「お言葉ですが大旦那様、大旦那様が事業に失敗したのがそもそもの原因ではないですか？」

それまで黙って控えていたジェームズが、うんざりした調子で声を上げた。

「なんだと⁉」

「確かに侯爵領から上がる収入は年々減っておりましたし、領地経営は厳しいものがありました。しかし今の借金まみれの惨状は、貴方がおかしな事業に手を出したことが原因でしょうに。確かにラルフ様は駄目当主ですが、ガーランド侯爵家に及ぼした害という点では、大旦那様がぶっちりぎりのナンバーワンだと断言します！」

「ジェームズ！　貴様、使用人の分際でその口のきき方は何だ！　大体お前がちゃんと使用人を統括しないから、こういうことになっておるのではないか！」

「サザーランド家の支援のことを隠したままで、ただ奥様を敬うようにと言ったところで、やはり限度がありますよ。ああ、こんなことなら大旦那様の大失敗の穴埋めの件で奥様の実家におすがりしていることを、全てぶちまけるべきでした」

「貴様、自分の落ち度を棚に上げて――」

「そうです。全て私が悪いのです！　ああ、私がぼんくらな大旦那様のご指示に従ったばっかりに！」

「貴様ぁ！　この私を愚弄する気か！」

杖を振り上げるニコラスを、ラルフが慌てて押しとどめた。

「父上、やめてください！　そんなもので殴ったら、ジェームズは死んでしまいます！」

「こいつがそれくらいで死ぬものか！　殺したって死なんような男だぞ」

「そ、それはそうかも知れませんが、とにかく落ち着いてください。今は判決を待ちましょう。なにもまだ負けると決まったわけではないのですから。クロス裁判官は良さそうな方だったし、ちゃんと私たちの意を汲んでくださるかもしれません。それに……それに私たちにはレナード公爵もついてますし！」

その言葉に、ニコラスはようやく落ち着きを取り戻した。

「……まあな。レナード公爵ならクロス裁判官とは同じ公爵家同士だし、上手く説得してくれるかもしれん。あまり付き合いがないとは言っていたが、全くないわけじゃないだろうしな」

ニコラスは杖を置くと、再びソファにどっかり腰を下ろした。

「その通りですわ。それにレナード公爵はなんとしてでも離婚を阻止して見せると私たちに約束してくれましたもの。きっとなんとかしてくださいますわ」

キャロラインも同調し、ジェームズも「まあ、あの方のせいで弁護士と契約し損ねたんですから、しっかり責任を取ってもらいませんとね」とうなずいた。

状況は悪くなる一方だが、それでもレナード公爵なら、レナード公爵ならきっとなんとかしてくれる——その思いがガーランド家の者たちを支えていた。言ってしまえば、レナード公爵はガーランド家にとっての最後の希望と言っても良かった。

そのレナード公爵が騎士団に捕縛されたとの報がもたらされたのは、二日のちのことだった。

◇　◇　◇

「実を言うと、今回のことは我々騎士団の手柄ではないんですよ。我々の捜査では、レナード公爵とバーナード裁判官が共謀している証拠をあげることは出来なかったんです。公爵逮捕にまで踏み切れたのは、他でもないバーナード裁判官とレナード公爵夫人のおかげですよ」

報告に訪れた騎士団長は、セシリアとアイザックを前にして、苦笑しながらそう言った。

彼が言うには、バーナード裁判官はレナード公爵の要求をきっぱり撥《は》ねつけなかったことをずっと後悔していたらしい。

そして悩みに悩んだ末に、自ら騎士団に出頭し、事の次第をぶちまけたということだ。いったんは公爵の圧力に屈したものの、やはり裁判官としての矜持《きょうじ》はあったということだろう。

「そこで公爵の聴取に踏み切ったんですが、やはりなかなか尻尾を掴ませなくてね。さすがに相手は天下のレナード公爵ですから、バーナード裁判官の証言のみで逮捕するのはなかなか難しいですし。やはり無理なのかとあきらめかけていたところに、こちらのレナード公爵夫人が協力を申し出てくださったんです。そして夫人の協力で色々と悪事の証拠を見つけることができまして、それとバーナード裁判官の証言との合わせ技で、今回の逮捕に至った次第です」

騎士団長がそう言って傍らの夫人に視線を向けると、隣に腰かけるレナード公爵夫人は憤然とした調子で同意した。

「ええ、そうなんですの。今回の件で、主人にはほとほと愛想が尽きました。よりにもよって王立裁判に介入しようだなんて、王家に対する反逆ですもの。主人がそこまでガーランド家に肩入れする理由が理由ですし、もうとても夫婦としてやっていくことなんてできませんわ」

「理由？　単に両家が親類だということの他に、なにか理由があるのですか？」

セシリアが怪訝《けげん》に思って問いかけると、レナード夫人は「アンジェラですわ」と嫌悪感もあらわに吐き捨てた。

「アンジェラさん？　彼女が関係しているのですか？」

「ええ、実にお恥ずかしい話なんですけど、主人はね、アンジェラが自分の娘だと思い込んでいるんですの」

「まあ、アンジェラさんのお母様はレナード様の愛人だったのですか？」

「と言いますか、主人の方がアンジェラの母親の愛人の一人だった、と言った方が正確かもしれませんわね。アンジェラの母親のシンシアはなかなか奔放な女性で、既婚者でありながら複数の殿方と関係を持っていたらしいんです。シンシアの夫が亡くなったあと、娘ともども嫁ぎ先から追い出されたのも、アンジェラがシンシアの夫に少しも似ていなかったからだと言われています。アンジェラの父親候補は複数いるようですけど、そのうちの一人がうちの主人だったというわけです」

「それで結局、アンジェラさんは公爵の娘なんでしょうか」

「いいえ、違うと思いますわ。だって見た目がまるで似ていませんもの。父親はたぶんシンシアの一番のお気に入りだった若い詩人じゃないかしら。髪の色も顔立ちもそっくりですし。だけど殿方って馬鹿だから、自分の娘だって幻想を捨てきれないんでしょうね」

「殿方でひとくくりにしないでくださいよ」

アイザックが不満そうに言うと、「まあごめんなさい。馬鹿なのはうちの主人だけですわね」と謝罪した。

「その詩人は詩人とは名ばかりのジゴロのような男でしたから、もちろん責任なんかとりませんでした。他の父親候補も、もしかしたら、という思いだけで引き取るほどの情はありませんでしたし、うちに引き取ることは私が絶対に許しませんでした。それで結局アンジェラはガーランド家に引き取られることになったんですよ。ほら、キャロラインはあの通り気が弱いでしょう？　学生時代からシンシアには小間使いみたいに扱われていたし、子供を引き取るように言われて断り切れなかったのでしょうね、きっと」

レナード公爵夫人はしみじみとした口調で言った。

（そういう事情があったのね……）

アンジェラのことは単に『義母キャロラインの友人の娘』とだけ聞いていたのだが、思っていたよりも複雑な事情があったらしい。

母親の不貞はアンジェラ本人には何の責任もないことだし、その生い立ちには気の毒な面があるものの、自分がガーランド家で受けた仕打ちを思うと、やはり同情する気にはなれなかった。

「うちからガーランド家に多少援助することは私も黙認していたのですけど、それにしたってあの家の財政事情からすると焼け石に水でしたもの。それで主人は国内きっての資産家であるサザーランド家に目を付けたんでしょう。セシリア様まで厄介なことに巻き込んでしまって、本当に申し訳なかったと思いますわ。だから今日はそのことを謝罪したくて、この場に同席させてもらいましたのよ」

「そんな、レナード公爵夫人に謝っていただくことではありません。ガーランド様と結婚したのは、あくまで私の意思によるものですから」

セシリアとラルフの縁談はあくまでレナード公爵個人が持ち込んだものであり、夫人は全く関わっていない。この件で夫人の責任を問うのは筋違いだろう。

レナード公爵の正式な処分はこれから決まるが、おそらく公爵家自体にお咎めはなく、領地と爵位は息子に引き継がれるだろうとのことだった。

またバーナード裁判官に関しても、辞職という形で決着がつき、それ以上のお咎めはないという。今回の件が成ったのは夫人とバーナード裁判官の協力のたまものである以上、妥当な判断だと言えよう。

そして騎士団長は報告を終えて、レナード公爵夫人と共に帰って行った。

二人になった後、アイザックが感慨深げにつぶやいた。

「色々あったけど、いよいよ明日だな」

長いようで短い一週間が終わり、いよいよ明日、判決が下りる。

「はい。どんな判決が出ようと受け止めるつもりです」

セシリアは笑顔でそう口にした。

◇　◇　◇

そしてついに判決言い渡しの日が訪れた。

早い時間から関係者一同は法廷に入り、担当裁判官ロバート・クロスの訪れを待ちわびていた。

被告側の席にはラルフ・ガーランド、父親のニコラスに母親のキャロライン、そして老執事のジェームズが重苦しい顔で座っている。レナード公爵の姿が見えないのは、現在も騎士団に拘束されて取り調べを受けているためだろう。

一方、原告側の席にはセシリアと代理人弁護士のギルバート・オブライエン。セシリアの両親、兄リチャードと妹のエミリア、そして従兄のアイザック・スタンレーが座っている。

またも宰相から特別休暇をもぎ取ったのかと思いきや、むしろ宰相から「今日はあのセシリア嬢の判決の日だろう。どうせ仕事にならないだろうから行ってこい！」と送り出されてきたらしい。

自分のことは一体どんな風に伝わっているのかと、セシリアは少々心配になった。

やがて定刻になり、ロバート・クロス裁判官が入廷してきた。

その堂々たる法服姿を前にして、セシリアは心臓がどくどくと脈打つのを感じた。

あと少しで、自分の運命が決まるのだ。

祈るような思いで法壇を見上げると、クロス裁判官と目が合った。その透徹《とうてつ》した眼差しからは、どんな感情も読み取ることができなかった。

（今さらじたばたしても仕方ないわ。どんな判決でも受け入れるって決めたじゃないの）

セシリアが自分を落ち着かせるために深呼吸を繰り返していると、アイザックが横から囁《ささや》いた。

「大丈夫だよセシリア、私が付いてる」

「アイザック兄様……」

「もし離婚が認められなかったら、私と一緒に国外に逃げよう」

「まあ、アイザック兄様ったら、一体なにをおっしゃるの」

そんなことできるわけがない。しかしその気持ちが嬉しくて、セシリアはほんの少しだけ気持ちが楽になった。

クロス裁判官は着席すると、軽く咳払いした。

「では、判決を言い渡します」

朗々とした声が法廷内に響き渡る。

「主文、原告と被告を離婚する。被告は原告に五万ゴールドを支払え。裁判費用は被告の負担とする」

一瞬、雷に打たれたような衝撃を覚えた。

クロス裁判官は今なんと言っただろう。確かに「離婚する」と聞こえたような気がするが。

「理由、被告ラルフ・ガーランドは結婚後一か月もの間、夫としての義務を放棄したうえ、被告に女主人としての役割を果たすことを許さず、使用人たちから軽んじられる状況に追いやった。またその原因となった女性の存在を、結婚前は故意に隠ぺいしていた点などを鑑みても、その行為はまことに悪質極まりない。一方、原告セシリア・ガーランドは最後の半月に被告を意図的に挑発するなど、非難されるべき点がないではないが、その理由にはうなずけるものがあり、責任は小さいものとする。よって被告有責による離婚を認め、慰謝料として五万ゴールドの支払いを命じる」

なんだか都合のよい幻聴を聞いているようで、現実感が伴わない。セシリアがなにも反応できずにいると、先に背後から歓声が上がった。

「やったなセシリア！」

「やりましたわね、お姉様！」

兄リチャードと妹エミリアのはしゃいだ声がする。セシリアの両親も口々に喜びの声を上げ、ギルバートも「完勝ですね！　予想以上です！」と興奮した面持ちで囁《ささや》いた。

一方、向かい側の被告席からはうめき声ともつかない悲壮な声が響いてきた。

「そんな馬鹿な！　離婚はともかく五万ゴールドなんて、いくらなんでも無茶苦茶です！」

壇上に詰め寄って廷吏につまみ出されるジェームズ。魂が抜けたような顔で呆然としているラルフ。しかめっ面でなにやらぶつぶつ呟いている義父ニコラス。泣き伏す義母キャロライン。

（離婚が認められたのね……？）

そしてようやくセシリアの中で、じわじわと実感がわいてきた。

ラルフ・ガーランドとの離婚が正式に認められた。

自分はもうセシリア・ガーランドではなく、セシリア・サザーランドなのだ。

自分を縛り付けるガーランド家の楔はもう存在しない。

自分は自由だ。

自分は自由だ。

「やった、やったわ……！」

胸の奥から凄まじい歓喜が湧きあがってくる。

ガーランド邸での辛かった日々や、逃亡中の恐怖が思い起こされて、涙があふれて止まらない。

もう二度と、あの牢獄のような場所に連れ戻されることはないのである。

退廷するクロス裁判官を見送りながら、セシリアはしばし歓喜にむせび泣いていた。

ようやく人心地着いたところで、アイザックが声をかけてきた。

「おめでとう、セシリア」

「ありがとうございます。アイザック兄様」

「今夜は皆でお祝いだね」

「ええ、父が王都で一番のレストランに予約を入れてくれているそうです。もちろんアイザック兄様も来ていただけますよね？」

「ああ、もちろん」

アイザックは笑顔でうなずいたあと、至極真面目な調子で言葉を続けた。

「だけどその前に、少しだけ私と二人の時間を作って欲しい。君に大切な話があるんだ」

家族やギルバートとひとしきり勝訴を喜びあったあと、セシリアは彼らと別れて、アイザックと共に裁判所の近くの公園へと赴いた。裁判中は二人で外出しないよう気を付けていたが、もうその必要もないだろう。

公園は広々として良く手入れされており、木々の緑がまぶしいほどだ。

しばらくの間、木陰の道をアイザックにエスコートされながら歩いたものの、アイザックは「大切な話」とやらをなかなか切り出さなかった。まあせかす必要もないだろうと、セシリアはそのままゆったりと散策を楽しむことにした。

爽やかな風が梢を揺らし、どこからか小鳥たちの鳴きかわす声が聞こえる。あちらで栗鼠が木の実を齧っているかと思えば、こちらでは可愛い花が咲いている。そんな些細なことが嬉しくて、なんだか世界がきらきらと光り輝いているようだ。

セシリアが生まれ変わったような心地で辺りを眺めていると、隣で黙り込んでいたアイザックが、ついに意を決したように口を開いた。

「セシリア、その、さっき言っていた大切な話のことなんだが」

「はい。なんでしょう」

「私はその、ずっと君のことが——」

そのとき「マックス！」という叫び声とともに、巨大な生き物がこちらに向かってくる気配がした。なんだろう、と思う間もなく、セシリアの前にアイザックが立ちはだかった。

「セシリア、逃げ……うわっぷ」

見れば大きなマスチフ犬が、アイザックの胸に前足をかけてじゃれついている。犬はアイザックを誰かと勘違いしているのか、尻尾を振って嬉しそうだ。

「こらマックス！　離れなさい！」

駆け付けた初老の男性が引き綱を取って、犬をアイザックから引き離した。

「すみません！　手から綱がすっぽ抜けてしまって」

「私は別に構わないが、公園には犬が苦手な人もいるんだから、気を付けたまえ」

アイザックが軽く注意すると、相手の男性は「すみません、すみません！」と何度も頭を下げながら、慌てて犬を引っ張って行った。

犬と飼い主が立ち去ってから、アイザックは気遣うようにセシリアの顔を覗き込んだ。

「大丈夫かい？　セシリア」

「びっくりしましたけど、私は別に。それよりアイザック兄様の方が大変だったでしょう。随分と人懐っこい犬でしたわね」

セシリアが苦笑すると、アイザックが不思議そうに「君は犬が苦手じゃないのかい？」と問いかけた。

「え、犬は好きですわよ？　女学院時代の友人が犬を五匹も飼ってたので、彼女の家に遊びに行くたびに一緒に遊んだものですわ」

「そうだったのか……いや、私はてっきり子供のころのことで、犬が怖いんじゃないかと思ってたんだ」

アイザックが言っているのは、セシリアが野犬に囲まれて泣いた一件だろう。

「大丈夫ですわ。あのとき野犬に噛みつかれでもしたら結構なトラウマになっていたでしょうけど、アイザック兄様がすぐに駆けつけて追い払ってくれましたから。あの件はむしろアイザック兄様が頼もしくて格好良かったことの方が印象に残ってますの」

「そうか。それなら良かった」

アイザックは照れたように視線をそらした。

そんなアイザックの姿に、セシリアの胸の奥から熱いものがこみ上げてきた。

(アイザック兄様は私が犬を怖がってると思って、すかさず守ろうとしてくださったのね……)

思えば子供のころからアイザックはいつもこうだった。優しくて、頼もしくて、セシリアにとっては実の兄以上に、大切な兄のような存在だった。だからこそ、いつの間にか距離を置かれてとても悲しかったのである。

「アイザック兄様、ひとつうかがってもよろしいでしょうか」

「うん？　なんだいセシリア」

「今回のことがあるまで、私によそよそしかったのはどうしてですか？　子供のころはあんなに仲が良かったのに。アイザック兄様に嫌われてしまったのかと思って、とても寂しかったんですよ」

「それは……年頃になってどんどん美しくなっていく君がまぶしくて、一緒にいるのが辛かったからだよ」

「冗談はやめてください。私はまじめに聞いてるんですよ」

「いいや、冗談じゃないよ、セシリア」

アイザックは覚悟を決めたような表情で、正面からセシリアを見つめた。

「幼いころは妹のように可愛く思っていたが、いつの間にか君を女性として意識するようになった。だけど私は次男で継ぐべき領地も爵位もないし、このままでは君に釣り合わないと思ったんだ。だから君に釣り合う男になるために、必死になって努力したよ。王立大学を首席で卒業して、王宮に入って出世をして、なんとか将来が見えてきたころには、君にはすでに婚約者がいた」

「そんな……アイザック兄様がそんな思いでいたなんて、全然知りませんでした。ひとこと仰っていただければ――」

「将来どうなるか分からないのに、君に待っていてほしいとは言えなかったんだ。一緒にいると気持ちを抑えられなくなりそうで、つい距離をとってしまったんだが、君に寂しい思いをさせたのはすまなかった」

「いいえ……」

好きだからこそ、近づかなかった。それはアイザックの誠実さの表れなのだと思う。

「結婚式で君がガーランド君と幸せになるのを見届けて、吹っ切ろうと思っていたんだよ。だけどこうなった以上話は別だ。セシリア、今さらだけど、どうか一人の男として私を見てもらえないだろうか。返事は今でなくても構わないから」

セシリアは驚きのあまりなにも言えないまま、ただ真っ赤になってうなずいた。

第十四章　ガーランド家の終わり

判決言い渡しから半月あまり。ガーランド一家が集うホテル内の一室は、判決前より一層重苦しい空気に満たされていた。そのどんよりした空気があらわすものは、ひとことで言えば絶望である。

判決前もけして明るい雰囲気ではなかったものの、一応まだ棄却判決という希望は残されていた。そして認容判決後もしばらくの間は、一応まだ希望が――セシリアの代わりに新たな金持ちの娘を妻に迎えると言う希望が残されていた。

実際のところ、ガーランド一家は判決が出てしばらくの間、「条件を下げさえすれば、ラルフの再婚相手などいくらでも見つかるはずだ」と心から信じ込んでいた。

なんといってもラルフ・ガーランドは名門侯爵家の当主で、華やかな美貌の持ち主だ。むろんセシリアほどの好条件は望めないにしても、妥協すればそれなりの相手は見つかるはずだと高をくくっていたのである。

ゆえに判決言い渡しの当日から、先代当主ニコラス・ガーランドは新たな縁談をまとめるべく、知り合いの間を駆けずり回った。

ラルフ自身は当初「セシリアを失ったばかりですし、とてもそんな気になれません」と渋っていたものの、老執事のジェームズに「悲劇の主人公を気取っている場合ですか！　このままではガーランド家は破滅です！」と叱り飛ばされ、やはり新たな結婚相手探しに奔走した。

ところがガーランド父子は行く先々で門前払いをくわされた。

以前ラルフに娘を紹介したがっていた者たちは、皆あれこれと理由をつけてはニコラスとラルフに背を向けた。

そこで渋々ながら「相応の資産家ならば、見た目はこの際問わないし、成り上がりの男爵家でも構わない。年が若ければ未亡人でも構わない」と条件を引き下げて見たものの、やはり結果は同様だった。

仕方なく知り合いのパーティに半ば強引に参加して、ラルフ自らめぼしい令嬢たちに声を掛けようとしたのだが、何故か彼女らやその保護者から露骨に剣突を食わされた。ダンスに誘っても断られ、話しかけようとすると離れていく。

今までラルフはその美貌と人当たりの良さもあって、社交界の人気者だった。

舞踏会に参加すれば、ラルフと踊りたがる令嬢たちが列をなしていたほどである。

それなのに、この扱いは何なのか。

ラルフがとまどっていると、周囲からひそひそと囁《ささや》きかわす声が聞こえた。

「まぁ、よくもうちの娘を口説こうなんて思えましたわね」

「ガーランド家に嫁ぐなんてとんでもないわ。幼なじみとやらが女王のようにふるまっている場所なんかに、誰がいきたがるものですか」

「使用人たちに嫌がらせまでされるんでしょう？　恐ろしいこと」

「ええ、全部レナード公爵夫人から聞きましたわ」

「私は宰相夫人から聞きました」

「貴族新聞で裁判結果を読みましたわ。慰謝料五万ゴールドなんてよっぽどのことをしたんでしょうね」

行く先々で針の筵を味わったのちに、ガーランド親子はようやく貴族社会から新たな妻を迎えることを断念した。

そこでさらなる妥協を重ねた結果、「資産があるならいっそ平民でも構わない」と商家の娘にまで手を広げてみたのだが、今度は「我が家の娘ごときが侯爵家に嫁ぐなど、恐れ多くてお受けできません」と丁重な断りを受ける羽目になった。どうやらそちらはバークリー商会が手を回しているようだった。

ここに至って、ガーランド家の人々はようやく自分たちの置かれた立場を思い知った次第である。

「もう終わりだな」

「ええ、終わりですね」

ラルフとジェームズ主従はぐったりとソファに身を沈めたまま、互いにそうささやきあった。母キャロラインは先ほどからしくしく泣いている。父ニコラスも、以前のようにラルフやキャロラインを責める元気は残っていないようだった。

セシリアへの慰謝料。そして支援金の返済が、一家に重くのしかかる。先祖代々の屋敷と領地を売ったところで到底払える額ではない。

これから一体どうなるのだろう。考えたくないが、考えざるをえない。

借金を返せなかった者の末路、それはすなわち――

陰々滅滅した空気を切り裂くように、ノックの音が室内に響いた。続いてホテルのボーイの声がする。

「ガーランド様、面会の方がお見えです」

「面会……？」

「はい。オブライエン法律事務所の方で、セシリア・サザーランド様の代理でおいでになったそうです」

「オブライエン？　セシリアの代理？」

オブライエンと言えば、自分たちを散々やり込めた代理人弁護士の名前である。

そんな相手が今さら何の用だろう。ガーランド家の面々は、互いに顔を見合わせた。

「どうしようジェームズ」

「とりあえずお会いになってはいかがでしょう。これ以上悪くなることもないでしょうし」

「それもそうだな」

入室を許可すると、ギルバート・オブライエンが静かな足取りで現れた。彼は挨拶《あいさつ》もそこそこに、セシリアからの提案を言付かってきたと説明した。

「私の依頼者は、慰謝料と返済金を大幅に減額してもよいと言っています」

「減額？　本当か？」

「ただし、条件があります」

続いてギルバートが口にした条件に、ガーランド家の面々はしばらくの間絶句していた。

「……本当にそんなことをセシリアは望んでいるのか？」

ラルフがおそるおそる問いかける。

「はい。それがあの方の望みです」

ギルバートはきっぱりと言い切った。

◇　◇　◇

ラルフがガーランド邸に帰宅したのは、判決からおよそ三週間後のことだった。

一日千秋の思いで待ちわびていたアンジェラは、笑顔を浮かべて玄関先まで出迎えた。

「まあラルフ、お帰りなさい。色々と大変だったわね」

アンジェラはいたわる様に声をかけた。あれ以来ラルフからの手紙は来ていないが、裁判結果はすでに貴族新聞で把握している。

アンジェラは普段新聞を読まないが、今回の裁判はさすがに気になっていたため、司法欄をこまめにチェックしていたのである。

「ラルフは何も悪くないのに、ラルフ有責で離婚だなんて酷いわよね。おまけに慰謝料を払えだなんて！　あのセシリアさんがそんな図々しくて強欲な女だなんて思わなかったわ。次の奥様とはもっと優しくて穏やかな人を選びましょうね」

アンジェラは励ますようにそう言った。

アンジェラの予想では、ラルフはそこで「そうだな、アンジェラの言う通りだ」と笑顔を見せてくれるはずだった。

しかし目の前のラルフはなにも答えることなく、ただ虚ろな瞳でぼんやりとアンジェラを見つめるばかりである。

その様子に言いようのない薄気味悪さを覚えながら、アンジェラは言葉を続けた。

「それでね。私最近はとっても体調がいいの。だから次の奥様とは、セシリアさんのときより上手くやれると思うのよ」

暗に初夜を邪魔することはないと伝えたつもりだが、ラルフはやはり答えなかった。

セシリアを失ったことがそんなにも堪えているのだろうか。アンジェラは焦ったように言葉を続けた。

「えっと、それでね。新しい奥様がどうしても私に嫉妬してしまうと言うのなら、私はいっそ身を引いて、他に嫁いでもいいと思っているのよ。それでね、持参金のことなんだけど、できれば新しい奥様に――」

ラルフはなにも言わずにアンジェラの前を通り過ぎると、自分の部屋へ引っ込んでしまった。

「え、なんなのあの態度……」

今までにない扱いに、アンジェラはしばし呆然とたたずんでいたが、やがてホールで荷解きの指示を出しているジェームズの方に向き直った。

「ねえジェームズ、さっきのラルフの態度を見たでしょう？　私が慰めているのを無視するなんてあまりに酷いと思わない？　ラルフったら一体どうしちゃったのかしら」

「今は旦那様をそっとしておいてあげてください」

　ジェームズも疲れた顔をして言った。

「だって気になるじゃないの。この家のことは私にだって無関係じゃないんだし。とにかく新しい奥様の件がどうなっているのかだけでも教えて欲しいのに。ねえジェームズはその辺の事情をラルフから聞いているわよね？」

「私から詳しい事情を申し上げるわけには参りません。ただ一言だけ申し上げますと、旦那様が外から新たに奥様をお迎えすることは、二度とないことと存じます」

「え、そんな……どうして」

「貴方のせいでしょう」

　冷たく憎悪に満ちた眼差しに、アンジェラは思わず息を呑《の》んだ。

　この家の人間から、こんな目で見られたのは初めてだ。

　アンジェラがショックで立ちすくんでいると、ジェームズは冷笑を浮かべて頭を下げた。

「ああこれは、旦那様の『大切な幼馴染』であるアンジェラ様に対して言葉が過ぎましたね。ご無礼のほど、お許しください。それでは失礼いたします」

　その冷たい物腰からは、はっきりと拒絶の意思が感じられた。

（二人とも、一体どうしちゃったのかしら……）

ラルフはその後もずっと部屋に閉じこもっており、夕食の席にも現れなかった。ジェームズは慇《いん》懃《ぎん》無礼な態度を崩さないまま、まるで取りつくしまもない。

アンジェラは一人で夕食を取ったあと、部屋に戻って長椅子のうえに寝転がり、ジェームズに言われたことについて改めて思いめぐらした。

ラルフが新たな妻を迎えない、そんなことがあり得るだろうか。

今考えてみても、やはり信じられない思いだった。

だってガーランド家には、金持ちの妻が必要なのだ。そしてラルフが望みさえすれば、彼と結婚したがる金持ちの女性はいくらでも見つかるはずだった。

なにしろ幼なじみのラルフはとびきりハンサムで優しくて、あのセシリア・サザーランドでさえ一目ぼれしたほどなのである。

むろん再婚となれば条件はかなり下がるだろうし、次の妻はセシリアのような美人ではなく、きっと不器量で身分も低い娘だろう。

ラルフには気の毒だが、アンジェラとしてはその方が好都合だといえなくもない。そういう相手なら妙な劣等感を刺激されることもなく、セシリアに対するときよりは優しくしてやれることだろう。

（それでももし、ジェームズの言う通りラルフが再婚しないとしたら……）

そうしたらガーランド家はかなり困窮《こんきゅう》するだろうし、このまま世話になり続けるのが難しいことは、さすがのアンジェラにも理解できる。その場合、アンジェラはどこか他家にでも嫁いでしまうほかないだろう。

とはいえ持参金が望めないとなれば、以前来ていた縁談の中から選ぶしかない。

既に孫もいる老伯爵か、新興の商人のいずれかだ。老伯爵はしわだらけの猿のような老人で、彼と閨《ねや》を共にするというのは、想像しただけでも不快である。とはいえ商人は妻にも商売を手伝わせることが多いと聞くし、考えただけでも煩《わずら》わしい。

（レナード公爵が誰かいい人を紹介してくれないかしら。後妻でもいいからもうちょっと若くてハンサムで、私を自由にさせてくれて、うんとお金も持っていて――）

そんなことをぐるぐると考えていると、ふいにノックの音が響いた。

「だあれ？」

「アンジェラ、私だ。話がある」

「まあラルフ！　来てくれたのね！」

アンジェラが喜び勇んで扉を開けると、部屋着姿のラルフが立っていた。

相変わらず憔悴《しょうすい》しているものの、先ほどの空虚さは影を潜めて、なにかを覚悟したような決然たる表情を浮かべている。

「来てくれて良かったわ。私とっても不安だったのよ。だってジェームズがおかしなことを言うんだもの」

「おかしなこと？」

「ええ、ジェームズったら、ラルフはもう外から奥様を迎えることはないって言うのよ。そんなことあるわけないのにね？」

アンジェラはすがるような思いで問いかけた。

ラルフはしかし、皮肉な笑みを浮かべて首を横に振った。

「いいや、ジェームズの言う通りだ。確かに私はもう『外から』妻を迎えることはない。というか、迎えることができないんだよ」

「どうしてよ。ラルフなら格好いいから、すぐに新しい奥様が見つかるでしょう？」

「それが見つからないんだよ。私の妻として嫁いできたセシリアが、この家で酷い扱いを受けて離婚したって、もう国中で噂になってるんだ。そんなところにあえて嫁ぎたい金持ちの女性なんているわけがないだろう」

「でもそれじゃ……困るんじゃないの？　支援を受けられなかったら、この家は……」

「支援がなくなるだけじゃない。こちらが有責の離婚だから、今までサザーランド家から受け取った分も全て返す必要があるんだよ。さらにはセシリアに巨額の慰謝料まで支払う必要がある。屋敷や領地を全て手放してもまだ足りない。残りはガーランド家の人間の身体で返すことになるだろうな」

「え、身体で返すって、つまり」

「つまり私や両親は炭鉱奴隷に身を落とすってことだ」

「そんな……」

アンジェラは絶句した。困窮《こんきゅう》するのは分かっていたが、まさかそこまでとは思わなかった。もはや贅沢は言っていられない。ラルフたちの悲惨な運命を思えば、自分はしわくちゃの老人相手でも我慢するしかないだろう。それとも商人の方がいいだろうか。

「ただしセシリアの出した条件を満たせば、慰謝料の方は大幅に減額してもらえるそうだ。その場合は屋敷や領地を手放すだけで済む」

「セシリアさんの出した条件？」

「ああ。セシリアが出した条件、それは」

ラルフは顔を上げて、この日初めてアンジェラの顔を正面から見つめた。

「それは私がアンジェラと結婚することだ」

「私とラルフが結婚……？」

優しくて格好良い幼馴染のラルフと結婚する。それはアンジェラが幼いころから夢見ていたことだった。しかし、である。

「え、でも私とラルフが結婚したら、誰が支援してくれるのよ」

「誰も支援してくれないよ」

「でもお金がなかったら、私たち生活できないわ。使用人だって雇えなくなるんじゃないの？　掃除や洗濯はどうするの？　それに住む場所は？　屋敷を売ってしまったら、一体どこで新婚生活を送るのよ」

「下町に家を借りるくらいの金はなんとか残りそうなんだ。ガーランド邸の馬小屋より小さな家になるだろうけど仕方ない。掃除や洗濯は……自分たちでやるしかないだろうな。生活費もなんとか自力で稼がないと」

「え、だってそんなの、下層民の暮らしと同じじゃない」

「そうだよ。私たちは下層民になるんだよ」

ラルフの言葉に、アンジェラは背筋の凍るような恐怖を覚えた。一度だけ、養母キャロラインについて下層民の住むところに慰問に行ったことがあるが、惨《みじ》めで汚らしくて、二度と行きたくないと思ったものだ。

「いやよそんなの……絶対いや。そんな惨《みじ》めな生活をするくらいなら、あの老伯爵のもとに嫁ぐわ。ううん、あの太った商人のところだっていい。下層民のラルフに嫁ぐくらいなら、そっちの方がよっぽどましよ！」

「君と結婚できないと、私は借金を返せなくて身を売ることになるんだぞ？　君は私や父上や母上が炭鉱奴隷に落ちてもいいっていうのか？」

「それは……お気の毒だとは思うけど、ガーランド家の問題でしょう？　私には関係のない話だわ」

アンジェラの言葉に、ラルフの顔色が変わった。

「関係ないだと？　そもそもセシリアが出て行ったのは、君が好き勝手やったからじゃないか。いつもいつも私にまとわりついて、夫婦の邪魔ばかりして」

「あら、セシリアさんより私を優先することを決めたのはラルフでしょ。責任転嫁しないでよ。事業に失敗して借金を作ったのは貴方のお父様だし、お金持ちの奥様に逃げられたのは貴方だし、私には何の関係もないわ。ガーランド家の問題に部外者の私を巻き込まないで」

「君は……っ、君はこの家でずっと育ててもらったくせに、その恩を感じていないのか？」

「何よ、育ててやったから恩返しのために結婚しろっていうの？　この恥知らず！」

「なんだと……？」

「とにかくね、私は下層民の暮らしなんて絶対ごめんなんだから！　よそに嫁ぐから止めたって無駄よ」

「できるものならやってみろ。あの老伯爵だって商人だって、君を受け入れたりしないだろうよ。サザーランド家から来た奥様をいじめた悪女をめとる奴なんているもんか。あの老伯爵だって跡取り息子が猛反対すれば折れるだろうし、貴族とのつながりが欲しい商人に至っては、金を積まれても断るだろうよ」

「そんな……で、でもレナード公爵に頼めば誰か紹介してくれるわよ！」

「レナード公爵家はもう代替わりした。君が知っているレナード公爵は北の領地にある館に生涯幽閉されることが決まったよ」

「そんな、嘘……」

「アンジェラ、いい加減に観念しろ」

ラルフはアンジェラの肩に手を置くと、ほとんど優しいといっていい声で囁《ささや》きかけた。

「……君は、私と結婚するしかないんだよ」

ラルフの青い瞳が、アンジェラを真正面から見つめている。

優しいラルフ、格好いいラルフ、いつもアンジェラを守ってくれた幼馴染のラルフが、自分と結婚して下層民になれと言っている。そしてアンジェラは、それに従うよりほかにない。そのことを理解した瞬間、アンジェラはふっと意識を失った。

アンジェラが「本当に」失神したのは、実に十年ぶりのことだった。

◇　◇　◇

アンジェラが倒れたとの知らせを受けて、女中頭のマーサはアンジェラの部屋へと急いだ。

伝えに来たのは当主のラルフで、なんでも二人で話している最中にいきなり失神したらしい。

ラルフの「君がついててやってくれ。アンジェラが目覚めたとき、私はそばにいない方がいいと思うから」という科白《せりふ》に不穏なものを感じたものの、愛しいアンジェラに付き添うこと自体に不満があろうはずもなかった。

愛しいアンジェラ――マーサの理想、マーサの天使。

女中頭のマーサは子供の頃から綺麗なもの、可愛らしいものに目がなかった。

綺麗なリボン。可愛らしいお人形。そして可憐なお姫様と素敵な王子様の恋物語。マーサ自身が少々いかつい顔立ちで、可愛らしい恰好が似合わなかったからこそ、ふわふわした可愛らしいものに一層執着したのかもしれない。

年頃になったマーサが結婚するよりガーランド侯爵家に仕えることを選択したのも、名門貴族の屋敷ならば美しいもの、可愛らしいもので溢れていると思ったからである。

しかし実際に就職したガーランド家は重厚なばかりで古臭く、理想とはかけ離れた場所だった。当主のニコラスは顔立ちこそ立派だが、居丈高で尊大で、マーサの好きな物語の王子様とはかけ離れた存在だったし、奥方のキャロラインは地味な上におどおどしていて、侯爵夫人ならばきっと女神のように美しいに違いないと言うマーサの夢を木っ端みじんに打ち砕いた。

もっとも気弱な奥様は扱いやすくて、仕事自体は楽だった。それに繊細な彫刻を施された銀器やら、薔薇が描かれたアンティークのティーセットやら、マーサ好みの美しいものも一応ないではなかったし、坊ちゃんのラルフは金髪碧眼の美少年で、これが女の子だったらピンクのリボンで思い切り飾り立てるのにと悔しく思ったほどである。

職場環境はまあそれなりに悪くはない。しかし夢見た理想には程遠い。

そんな中途半端な状況にいたマーサのもとに、ある日突然天使のように舞い降りたのが、他でもないアンジェラだったのである。

「私の大切な友人のお嬢さんなの。少し身体が弱いそうだから、気を付けてお世話してちょうだいね」

そう言って紹介されたアンジェラは愛らしく可憐で儚げで、まさにマーサの夢見た理想そのものだった。

ふわふわした金髪に白い膚《はだ》。つぶらな瞳と、その周囲を縁取る長いまつげ。なにか事情があるらしく、彼女の実家も親族もアンジェラを引き取ろうとしなかったために、この屋敷に来ることになったらしい。

マーサにはその薄幸な身の上が、より一層アンジェラの可憐さを引き立たせているように思われた。

そして出会ったその日から、マーサはアンジェラに夢中になった。毎日自ら髪をすき、リボンを結び、お茶を淹れて、専属侍女のようにかいがいしく仕えるマーサに、アンジェラもまた心を開き、頼ってくれるようになっていった。

「ありがとう。マーサの淹れるお茶が一番よ」

そう言って微笑む愛らしさときたらどうだろう。

薔薇の描かれたティーカップで優雅にお茶を飲むアンジェラは、まるで一枚の絵のようだ。ラルフと楽しげに笑いあう姿もまた格別で、マーサはそんな二人の姿に、少女時代に繰り返し読んだ恋愛小説を重ね合わせた。

心優しく健気なヒロインが、格好いい王子様と運命的な恋に落ちてハッピーエンドを迎えるというロマンティックな物語。マーサはいずれ二人が結婚する日を夢見て幸せな思いに包まれた。

ところが二人が年ごろになったとき、そんなマーサの理想を邪魔する者が現れた。

新興伯爵家の娘、セシリア・サザーランド。

セシリアはあろうことか、ガーランド家の親類に当たるレナード公爵の意向を盾にして、ラルフの妻の座に無理やりおさまったのである。

「でもラルフの決めたことだもの、仕方がないのよ」

儚げに微笑むアンジェラはいかにも可憐でいたいけで、見ているだけで胸が締め付けられるようだった。

「大丈夫ですよ、アンジェラ様。マーサがついておりますからね。あんな図々しい女の好きにさせたりするものですか」

マーサが力強く請け合うと、アンジェラは「ありがとう。マーサだけが頼りだわ」と言って涙ぐんだものである。その言葉は否が応でもマーサの義侠心《ぎきょう》を掻き立てた。

嫁いできたセシリアは若草色の瞳を持つ美しい女性で、こんな出会いでなかったらマーサのお気に入りになっていたかもしれないが、健気なアンジェラを苦しめる悪しき魔女だと考えると、その美しさもなにやらまがい物めいて感じられた。

だからマーサは女中たちを扇動して、セシリアを徹底的に孤立させた。

無粋《ぶすい》なジェームズがあれこれ口うるさく言ってきたが、一切無視を決め込んだ。そしてついにセシリアが家を出て行ったときは、他の女中たちと一緒に快哉《かいさい》を叫んだものである。

有能で忠実なるマーサの働きによって悪い魔女は退治された。これでようやくハッピーエンドを迎えられる。美しく優しいヒロインは素敵な王子様と結婚して、生涯幸せに暮らすのだと思っていた。それなのに――

「そうだったのですか……」

目覚めたアンジェラからとんでもない話を聞かされて、マーサは呆然とつぶやいた。

最近のガーランド家の費用は全てサザーランド家の支援金によって賄われていたこと。

ラルフはそのために自ら望んでセシリアと結婚したこと。

しかし離婚成立によって全額返済しなければならないこと。

おまけに巨額の慰謝料まで支払わなければならないこと。

そしてセシリアの出した慰謝料減額の条件。

何もかもがマーサにとってまさに青天の霹靂《へきれき》だったが、それ以上にショックだったのは、それを伝えたときのアンジェラの姿だった。

「そうよ！　おかげで私はラルフと結婚しなきゃならないのよ！」

アンジェラは忌々し気に吐き捨てた。

「で、でも、アンジェラ様はラルフ様と結婚したいって……」

「私が結婚したかったのはお屋敷に住んでる侯爵様のラルフよ！　下層民になるラルフなんかと誰が結婚したいもんですか！　ああもう本当に、冗談じゃないわよ。なんで私がこんな目に……っ」

叫びながらアンジェラは、テーブルに乗っていたティーセットを力任せに払い落した。マーサが大好きだった薔薇の描かれたアンティークが、床に落ちて粉々になる。

「アンジェラ様、落ち着いてください」

「大体マーサが！　マーサがセシリアさんに辛く当たったりするから、こんなことになったんじゃないの！」

「そんな、私はアンジェラ様のために……」

「誰がそんなこと頼んだのよ！　頼んでないわよね？　全部マーサが勝手にやったことじゃないの！　そのおかげで、なんで私がこんな目に遭わなきゃいけないの？　……責任を取って連れ戻して！　セシリアさんに土下座して連れ戻してきてよ！」

鬼のような形相で泣き叫ぶ、目の前の女は誰だろう。

アンジェラと似た顔立ちだが、どう考えても別人だった。だってマーサの愛するアンジェラはそんなことを言わない。そんな風に罵らない。

「何とか言いなさいよぉ！」

女はそう絶叫して、唯一無事で残ったティーカップをマーサに向かって投げつけた。カップは背後の壁にぶつかって、音を立てて砕け散る。

マーサにはその響きが、「天使のようなアンジェラ様」の幻影が崩れ落ちる音のようにも思われた。

◇　◇　◇

後日。マーサをはじめとするガーランド家の使用人たちは皆退職金もなく解雇されることになった。おまけに今月分の給料さえも出ないという。当然のことながら使用人たちからは抗議の声が上がったが、当主のラルフは「払えないんだ。申し訳ない」とひたすら頭を下げるばかり。

仕方なく他に勤め先を見つけようとしたのだが、どの家からも門前払いを食わされた。

セシリアが受けた仕打ちはすでに社交界中を駆け巡っているらしく、真っ当な家ならガーランド家の元使用人を受け入れることはないだろうとのこと。貴族はもとより、裕福な商人たちも皆固く門を閉ざして、「ガーランド家の元使用人たち」を追い返した。

結局彼らはそれぞれ酒場の女給や日雇いの肉体労働など、紹介状のいらない仕事を探すほかなかった。それでも若い者たちは働き口が見つかっただけ、まだましな方といえるだろう。

マーサのような高齢の者は新たな仕事も見つからないまま、救貧院《きゅうひんいん》に厄介になるまで落ちぶれる運命が待っていたのである。

エピローグ

「ああ早く着かないかしら、私向こうに着いたら、巨大温室で南国の花を見てみたいわ」

一家四人で植物園へと向かう馬車の中、娘のルーシーがはしゃいだ声を上げた。

「僕は食虫植物のコーナーがいいな。本当に虫をとらえるところを見てみたいんだ」

息子のフレッドも興奮を隠しきれない様子である。

「まあ二人とも、今から興奮しすぎよ」

セシリアが軽くたしなめると、ルーシーは「だってみんなで一緒にお出かけなんて久しぶりだもの」と口を尖らせた。

「お母様だってお父様と一緒で嬉しいでしょう？」

「ふふ、そうね。お父様は最近お仕事が忙しかったものね」

セシリアの言葉に、アイザックがすまなそうに苦笑した。アイザックは三十代の若さで宰相の座を継いだこともあり、ここ最近はあまり家族との時間がとれない日々が続いている。

「すまないセシリア。もっと仕事を分散させるように陛下と交渉しているところだよ。これが通れば、もう少し家族との時間が取れるようになるはずだから」

「気になさらないで下さいな。重要なお仕事をなさっているのですから仕方ありませんわ。貴方は私と子供たちの誇りですのよ」

「はは、それは私の科白だよ。昨日、王妃様が君の活動を褒めていらしたよ。今度のパーティで顔を合わせたら、色々と話を聞かせて欲しいそうだ」

「まあ、恐れ多いことですわ」

セシリアは夫のアイザックに寄り添いながら、柔らかな笑みを浮かべた。

あれから十年。セシリアはアイザックと結婚し、幸せな日々を送っている。

アイザックは結婚前と変わらずに、いや結婚前よりさらに優しく、愛情深い夫となった。また子宝にも恵まれて、結婚して一年目に長女のルーシー、二年目には長男のフレッドを授かった。二人とも素直で愛らしく、すくすくと健康に育っている。使用人たちは皆気立ての良い働き者ばかりで、セシリアのことを奥様奥様と慕ってくれる。

いずれも一度目の結婚のときからは想像もできなかった幸福だ。

その幸福を実感するにつけても、つくづく考えるのは、自分がいかに恵まれていたかという点である。

一度目の結婚は確かに悲惨なものだったが、セシリアには弁護士費用を賄うのに十分な個人資産があったし、アイザックという頼れる人間もいた。家族だって皆セシリアを応援してくれた。

しかし世間には嫁ぎ先で理不尽な目に遭わされても、財産もなく頼る相手もないままに、一人で苦しんでいる女性が大勢いる。

だから自分なりにそういう女性たちの手助けができないかと考えて、セシリアは数年前から私財を投じて不幸な結婚をした女性を支援する活動を続けている。

具体的には嫁ぎ先から逃げてきた女性たちに安全な避難所を提供し、無料で法的な手助けを与えることをメインとしている。

避難所は騎士団の本部近くにある屋敷を買い取って使用しており、力づくで連れ戻しに来た相手は騎士団に対処してもらっている。

一方、法的支援の中心となっているのは、ガーランド家離婚裁判の一件で辞職した裁判官、セオドア・バーナードである。

彼は王立裁判所の裁判官に任命されるほどに優秀な人物だし、本質的には真面目な人間だと見込んでスカウトしたところ、見事期待に応えてくれた。

セオドアは女性たちの話にじっくり耳を傾けたうえで、それぞれに適切なアドバイスを行い、離婚申し立てやもろもろの手続きを代行しているわけだが、その対応が実に丁寧で親切だと、女性たちから大いに感謝されている。

またオブライエン法律事務所も補助的に協力してくれており、それなりの慰謝料が見込めそうな案件なら、ギルバート自ら全面に出て法廷で戦ってくれることもあった。

そして晴れて自由の身になった女性には、バークリー商会から彼女たちにもできる仕事を斡旋してもらっている。

女性たちの中にはそのまま職業婦人として自立する者もあれば、良縁を得て再び嫁ぐ者もいたが、いずれにしても生活が安定したあとは、セシリアの団体に寄付をしたり、活動を手伝ったりしてくれる者が実に多い。おかげで活動の規模は年々少しずつ拡大している状況だ。

「私も夫として鼻が高いよ。スタンレー宰相の奥方は大変な才女だって、王宮でも評判になってるよ」

「まあ、半分は貴方のおかげですわ。宰相夫人の肩書があると、どこに行っても簡単に信用を得られますから、とてもやりやすいんですの」

セシリアはそう言って笑ったあと、ふと真顔になって言葉を続けた。

「旦那様、私、幸せですわ。貴方と結婚して本当に良かったと思ってますの」

「ああセシリア、私こそ……」

そのときセシリアたちの乗っている馬車が大きく揺れて、急停止した。

いつも丁寧に馬を操る御者《ぎょしゃ》にしては珍しい。

「一体どうしたんだ」

アイザックが御者台《ぎょしゃ》に向かって声をかけた。

「申し訳ありません旦那様、変な男が道に飛び出してきたんです」

「本当だ。母上、男の人が道に倒れてます！」

長男のフレッドが、馬車から身を乗り出して声を上げた。

「なんだと？　もしかして馬車にぶつかったのか？」

「いえ、勝手に転んだだけですよ」

アイザックの問いかけに対し、御者《ぎょしゃ》が慌てて否定する。

「そうか、それなら良かったが」

「でも心配だわ。貴方、とにかく様子を見てみないと」

セシリアが馬車の扉を開けて外に出ると、道の真ん中に、みすぼらしい身なりをした男がうずくまっていた。

「大丈夫ですか？　お怪我をされたんじゃありませんか？」

セシリアの声に男はゆるゆると顔を上げた。真正面から見た男の顔に、セシリアは何故か言いようのない胸騒ぎを覚えた。

「あの……」

しかし男はセシリアの声を無視して立ち上がると、足早に路地裏へと消えていった。

馬車に戻ったあとも無言のセシリアに、アイザックは「どうかしたのかい？」と怪訝《けげん》そうに問いかけた。

「いえ、なんだかあの男性に見覚えがあるような気がしましたの」

「ふうん、前に救貧院《きゅうひんいん》に慰問に行ったときにでも会ったのかな」

「そうかもしれませんわね……」

なんとなく腑に落ちない思いだったが、セシリアがああいう階級の男性と知り合う機会と言ったら、普通に考えてそこだろう。

その後植物園に到着し、セシリアは家族と一緒に様々な植物を見て回った。

食虫植物に多肉植物、珍しい形の葉に奇妙な果実、そして――そして巨大温室でローズピンクの花を目にした瞬間、唐突に先ほどの答えがひらめいた。

あの男性はラルフ・ガーランドによく似ているのだ。

一か月半の間、セシリアが「旦那様」と呼んだいわくつきの人物。

もっともラルフはセシリアより二つ年上なだけである一方、先ほどの男性はどう見ても一回りは上に見えたし、他人の空似というやつだろう。

(そういえば、あの人は今ごろどうしているのかしら)

セシリアにとって、ガーランド邸ですごした一か月半はまるで悪夢のようだった。

あらゆる面で幼馴染を優先する旦那様。

勝ち誇った笑みを浮かべる「旦那様の幼馴染」。

けばけばしいローズピンクのカーテンとベビーピンクの壁紙。

そしてとげとげしい使用人たち。

セシリアが慰謝料減額の条件としてラルフとアンジェラを結婚させたのは、自分のような被害者を二度と出さないためである。とはいえあの二人にとってもそれが最良だったのではないかと思っている。

なんといってもあれほど互いを思いあっている二人である。そこに恋愛感情があろうとなかろうと、一緒にいることが結局は一番の幸せだろう。今ごろは気心の知れた幼馴染同士で支えあって、貧しいながらも幸せに暮らしているのではなかろうか。

(どっちにしても、私には関係のないことだわね)

「お母様、ほらこっちにきて、満開の花がすっごく綺麗なの」

「母上の好きな空色の花ですよ」

「セシリア、早くこっちにおいで」

可愛い子供たちと愛しい旦那様が呼ぶ声がする。

「待ってください、今行きますわ」

家族のもとに着くころには、セシリアはかつての夫のことなど、綺麗に忘れ去っていた。

◇　◇　◇

「お帰りなさいませ、旦那様。お食事の用意ができております」

そう言ってラルフを出迎えるのは白いエプロン姿のアンジェラ——ではなく、白髪頭のジェームズだ。

「今日は牛すね肉のシチューですよ。肉屋のおかみさんに特別に安く分けてもらったのです。葡萄《ぶどう》酒《しゅ》と香草でじっくりことこと煮込みましたから、きっと美味しゅうございますよ」

得意げに深皿にとりわけるジェームズを前に、ラルフは小さくため息をついた。

あれから十年。ラルフ・ガーランドは下町の小さな事務所で職を得て、両親と妻のアンジェラ、そしてジェームズと共に細々と暮らしている。

ちなみに下町暮らしを始めた当初は両親とラルフ、アンジェラの四人家族だったのだが、わずか半月後にジェームズが「年齢のせいでどこにも雇ってもらえないんですよ！」と涙ながらに転がり込んできたのである。

そして持ち前の器用さと如才なさを発揮して、たちまちのうちにガーランド一家の主夫の座に収まってしまった。

あっという間に家事を覚え、近所のおかみさん連中とも親しくなり、今ではすっかり下町に溶け込んでいる。近所の仕立て屋から母キャロラインに縫物の仕事をもらってきたのもジェームズなら、文具店から父ニコラスに代書の仕事をもらってきたのもジェームズだ。

アンジェラにも仕事を斡旋しようとしたのだが、それは本人が断固拒絶した。

「いやよ、縫物なんてできないわ。細かい縫い目を見てると頭が痛くなってくるのよ！」

「パン屋の手伝いだって絶対無理よ。パン生地をこねたり叩きつけたり、私の細腕にできるわけないわ！」

「小間物屋《こまものや》の売り子？　この町の下品な人たち相手にぺこぺこするなんて絶対いや！」

アンジェラはまるで大きな子供だ。この状況になっても何もしようとせずに不平ばかりを垂れ流し、少しでも注意しようものなら、「何よ、私はガーランド家の人間じゃないのに、こんな地獄に巻き込んでおいて、そのうえ責め立てようっていうの？」と泣き叫ぶ。

おまけに家の金を勝手に持ち出しては、自分の新しい衣装や買い食いに散財してしまうため、ガーランド家の家計はいつもかつかつだった。

アンジェラが金を持ち出すたびに、父ニコラスは「あの疫病神を家から追い出せ！　どこぞのどぶ川にでも捨ててこい！」と激高してラルフに詰め寄るのだが、ラルフは「お願いですからそんなことを言わないでください。あれでも私の大切な妻なのです」と懸命に宥めるのが常だった。

そのせいか、一度ジェームズから「つかぬことをうかがいますが、旦那様はそこまでアンジェラ様がお好きなんですか？」と心底不思議そうに質問されたことがある。

アンジェラが己の衣装につぎ込むせいで、ラルフや両親はここ何年も古着に継ぎを当ててしのいでいるありさまなのに、なんでそこまで庇うのか、と。

「好きとか嫌いとか、そういう問題じゃないんだよ。ただ彼女は私の妻だからね。夫は妻の味方をするものだろう？」

ラルフはそう言って力なく笑うより他になかった。

◇　◇　◇

そして今夜もガーランド一家そろってのつつましい晩さんが始まった。

今日は久しぶりの牛肉とあって、母キャロラインは「まあお肉が柔らかいわね」と目を細めているし、父ニコラスも無言ながら満足そうだ。アンジェラは「すね肉なんて美味しくないわ」とぶつぶつ文句を言いながらも、肉をせっせとほおばっている。下町に移って以来、もはや見慣れたものとなったガーランド家の日常だ。

ラルフがもくもくと料理を咀嚼《そしゃく》していると、ジェームズが「そういえば、ジャガイモを鼠に齧ら

れた件を前にお話ししましたよね」と話を振ってきた。

「ああ、そんなことを言ってたな」

「今日、世間話のついでに肉屋のおかみさんに相談したら、あの家の雌《めす》猫が仔猫を五匹生んだので、乳離れしたら一匹譲ってくれると言うんですよ。なんでも母猫も祖母猫も鼠獲りの名手だったから、子供もきっと優秀なハンターになるだろうというのです。私はとてもありがたい提案だと思うのですが、旦那様のお考えはいかがでしょうか」

ラルフとしても特に異論はなかったので、「うん、私もありがたい話だと思うよ」と同意した。

母キャロラインも「まあ素敵じゃないの。私のおばあ様も猫を飼っていたのだけど、とても賢くて可愛かったのよ」と目を輝かせているし、父も「ふむ。我がガーランド家にふさわしい動物は美しい馬か血統書付きの猟犬と決まっているが、まあ猫も悪くはあるまい」とまんざらでもない表情だ。

それでほとんど決まりかけたところに、アンジェラが血相を変えて割って入った。

「駄目よ。動物なんて臭いし汚いし、私のドレスが毛だらけになるじゃないの」

「アンジェラ様、猫は綺麗好きな生き物ですよ。それに鼠がはびこる方がよほど不衛生ではありませんか」

「ジェームズの分際で私に口答えしないでよ。とにかく猫なんて絶対だめよ。そんなものこの家にはいらないわ！」

あくまで言い張るアンジェラに対し、父ニコラスが「我が儘《まま》もいい加減にしろ」と苛立たし気に吐き捨てた。

「この家にいらないのはお前の方だ。なにもしないお前などより、猫の方がよほど役に立つわ」

「父上、私の妻に対してそんな言い方をしないでください」

「そうよ。私はこの家の女主人なのよ。そもそも小父様《おじ》は誰のおかげで炭鉱奴隷にならずにすんだと思ってるのよ。あんたたちみんな、私に返しきれない恩があるのよ！」

「なんだと？　元はと言えばお前がいたからこんなことになっておるのではないか。この疫病神が！」

「なんですってぇ！」

「二人ともやめてくれ。父上、アンジェラに対して言い過ぎです。それからアンジェラ」

「なによ」

「君がそこまで嫌がるのなら猫をもらうのは諦めるよ。鼠については別に対策を考えることにしよう」

「ふん、分かればいいのよ」

アンジェラはそう言うと、食べかけのシチューを置いて立ち上がった。

「まあ、どこへ行くのアンジェラ」

「なんだか食欲が失せちゃったわ。外で食べてくるから放っておいてちょうだい」

アンジェラが足音も荒く部屋を出て行ったあと、父が「まったく、お前はどこまでアンジェラに甘いのだ」とため息をついた。

「あのあばずれは毎日男と遊び歩いているんだぞ。今日だってきっと男にご馳走させるつもりだろう。その見返りに一体なにを与えているものやら、想像しただけでおぞましい」

「父上。おっしゃりたいことは分かります。……しかしそれでもアンジェラは私の妻なのです」

ラルフは絞り出すような声音で言った。

アンジェラに複数の「男友達」がいることは知っている。

靴屋のビルに鋳掛屋《いかけ》のジャック、そして大工のセドリック。おそらくアンジェラは自分をちやほやしてくれるなら、相手は誰でもいいのだろう。

街中で男友達と腕を組んで歩くアンジェラと出くわしたことだって、けして一度や二度ではない。思わず立ちすくむラルフの前で、彼らはこれ見よがしにいちゃついて、ラルフのことを嘲《あざけ》るように笑って見せたものである。

最初のうちはアンジェラに彼らと距離が近すぎるのではないかと逐一《ちくいち》注意していたものの、そのたびに「ただのお友達じゃないの。いやらしい想像しないでよ！」と逆上して物を投げつけられたため、そのうち何も言わなくなった。

自分の伴侶が異性と親しすぎることによる屈辱。

それを指摘すると逆上される理不尽さ。

そしてどうしようもない無力感。

かつてのセシリアもこんな気持ちだったのだろうか。

（いや、もっと酷いな。私はセシリアとは初夜すら済ましていなかったわけだし）

だから自分には、アンジェラに怒る資格はないのである。

内心どんなに愛想が尽きていようとも、自分は一生アンジェラの「良き夫」であり続けねばならないのだ。何故ならそれが自分に与えられた罰なのだから。

しかしそんなラルフの覚悟を知ってか知らずか、ある日突然アンジェラは、置手紙を残して失踪した。

『探さないでください。私は私を大切にしてくれる人のところへ行きます。アンジェラ』

テーブルに置かれたノートの切れ端には、明らかにアンジェラの筆跡でそう記されていた。

「私を大切にしてくれる人……つまり男と逃げたのか」

一緒に逃げた相手はビルだろうか。それともジャックか、セドリックか。そのまま無言で立ちすくむラルフに、母がおずおずと切り出した。

「あのね、アンジェラと一緒逃げた男の人だけど、どうもいつもの男友達ではないようなのよ。ここ最近アンジェラがよそ者と一緒に出歩いているところを、近所の奥様達が何度も見かけているんですって」

「その男の名前とか、どこでなにをしている人間なのかは分からないんですか？」

「みんな時々見かけるけど、素性は分からないって言ってたわ。ただどうもたちの悪い男みたいでね。今までいろんな女性と一緒にいるところを目撃されているみたいなの。もしかしてアンジェラは騙されてるんじゃないかしら」

「そうですか……」

「もういいじゃないか。あの疫病神は放っておけ」

父がうんざりしたような口調で言った。

「でも貴方、悪い男に騙されているとしたら、あの子は今ごろどんな目に遭ってるか」

「知ったことか。どんな目に遭おうと自業自得だ」

「父上、そんな酷いことを言わないでください」

「旦那様、僭越《せんえつ》ながら私も大旦那様のおっしゃる通りだと思いますよ。正直申し上げて、アンジェラ様が自分から出て行かれたのはガーランド家にとって願ってもない幸いです。アンジェラ様の散財がなくなれば家計は大いに助かりますし、旦那様の服だって新調できるでしょう。大奥様、アンジェラ様がいなくなったら、堂々と猫が飼えますよ。真っ白でふわふわのとても可愛い子猫です」

「ま、まあ、真っ白でふわふわなの……」

「ジェームズ、勝手なことを言うんじゃない。母上も簡単に惑わされないでください。とにかくアンジェラは私の妻なんですから、私が探して連れ戻します」

ラルフはきっぱり言い切った。

ラルフはそれから空いた時間ができるたびに、町中を必死で探し回った。

会う人ごとにアンジェラと男の特徴を伝え、妻が男と家出したのだと訴える。馬鹿にして嘲《あざけ》る者も多かったが、中には同情して「見かけたら必ず伝えるぜ」と請け合ってくれる者もいた。しかしアンジェラはなかなか見つからなかった。

そんなある日、ラルフは通りの向こうに、アンジェラによく似た後ろ姿を発見した。そして思わず通りに飛び出したところで、馬車に轢《ひ》かれそうになったのである。

「大丈夫ですか？　お怪我をされたんじゃありませんか？」

聞き覚えのある声に顔を上げると、身なりの良い貴婦人が心配そうにこちらを見つめていた。艶《あで》やかな栗色の髪と若草色の瞳。以前と変わらず、いや以前よりさらに美しい、あれは——

（セシリア……！）

そう気づいた瞬間、ラルフは無言のまま、裏路地の方へと逃げ出していた。

（間違いない、セシリアだ。あれはセシリアだった）

路地裏に転がり込んだラルフは、その場に座り込んだまままむせび泣いた。

セシリアの顔を見た瞬間、過去のあれこれが押し寄せてきて、胸が詰まって仕方がなかった。


——私も愛しております。旦那様。

——ですがただの幼馴染にしては、あまりに距離が近すぎるように感じました。

——愛していません。以前は愛していましたが、今はもう、貴方の顔を見るのも嫌なんです。

——それで私は……私は生まれてくる子供はアンジェラさんの玩具《おもちゃ》にされるのだと思いました。他でもない父親の手によって、玩具《おもちゃ》としてアンジェラさんに差し出されるのだと。

記憶が次々に蘇《よみがえ》る。

どうしようもない、やるせない思いがこみ上げて、ラルフは一人泣き続けた。

そしてひとしきり泣いてしまうと、妙にさっぱりした心持ちになった。

先ほどラルフは一目見て、あの貴婦人がセシリアであることに気づいたが、セシリアの方はこちらが誰だか気付いていないようだった。

無理もない。ラルフは貧乏生活がたたって、ここ十年でどっと老け込んでいる。それにセシリアにとって、自分はもうとっくに過去の存在なのだろう。

（なにしろあれからもう十年だもんな）

十年間。夫としてひたすらアンジェラに尽くしてきたのは、それが自分に与えられた罰だと思っていたからである。セシリアの希望通りアンジェラと結婚し、かつてなれなかった「良き夫」となることが、自分がないがしろにして傷つけた元妻、セシリアに対するせめてもの償いになると信じていた。

しかし当のセシリアは、もう自分のことなど覚えていないようだった。

失った日々は戻らない。

おそらくアンジェラももう帰ってこない。

（帰ろう……）

ラルフは服の埃《ほこり》を払って立ち上がった。

胸の内から「アンジェラを探さなければ」という思いは、不思議なほどに消え失せていた。

あれから十年。自分もそろそろ過去を忘れて、前を向いて歩きだしてもいいのかもしれない。

アンジェラの散財がなくなったら、家計は大分楽になる。自分も新しい服が買いたいし、両親やジェームズにも――

（そういえば、肉屋の仔猫は乳離れしてる頃かな）

ラルフは家に向かって歩きながら、そんなことを考えていた。

後日。王都の好色漢の間で、ことの最中に「私は世が世なら侯爵夫人なのよ！　あんたなんかが触れていい相手じゃないんだから！」と叫ぶおかしな娼婦のことがちょっとした話題になったが、それはまた別の物語である。

番外編

貴方とならば

「――それでは神の名のもとに、二人が夫婦になったことを宣言します」

神父が厳《おごそ》かにそう口にした瞬間、招待客から盛大な拍手が沸き起こった。

「ねえお母様。エミリア叔母様、すっごく綺麗ね」

おろしたてのドレスで着飾ったルーシーは、感極まった調子で隣のセシリアに囁《ささや》いた。

「ええ、本当に。それにとても幸せそうだわね」

セシリアも微笑みながら囁《ささや》き返した。

「それにあんな幸せそうなギルバートも初めて見たよ」

アイザックが苦笑しながら言うと、フレッドは「そうですか？　ギルバートさんはいつも通りに見えますけど」と首を傾げた。

「あいつは弁護士だからポーカーフェイスが得意なんだよ。照れ隠しで平静なふりをしているけど、付き合いの長い人間から見ると、有頂天になっているのが一目瞭然《いちもくりょうぜん》だ」

「まあ、それは良いことを聞きましたわ。あとでエミリアにも教えてあげないと」

その言葉に、アイザックが楽し気な笑い声を上げた。

今日は妹であるエミリア・サザーランドと、アイザックの友人にして腕利きの弁護士であるギルバート・オブライエンの結婚式である。

エミリアはセシリアの活動をあれこれ手伝っているうちに、同じくセシリアの協力者であるギルバートに次第に惹かれていったらしい。

エミリアいわく「最初はなんだか地味でさえない人だと思っていたのに、法廷で戦っている姿がすごく格好良くて、気が付いたら恋に落ちてしまったの」とのこと。

ギルバートは当初、平民の自分がサザーランド伯爵家のご令嬢を妻に迎えるなんてとんでもない！　と散々渋っていたものの、結局エミリアの情熱に絆されてしまい、今日のよき日を迎えることになった次第である。

セシリアは二人が結ばれた経緯が経緯なので、ギルバートの方は妹のエミリアをどう思っているのか少々不安を覚えていたのだが、どうやらちゃんと愛しあっているようで嬉しい限りだ。

その後、他の招待客と一緒に披露宴会場へと移動する最中も、ルーシーは興奮冷めやらぬ様子で「結婚式ってやっぱり素敵だわ」と繰り返していた。

「ルーシーが結婚するときにも、うんと素敵なウェディングドレスを作りましょうね」

「本当？　お母様」

「ええ、貴方の好きなドレス工房で、世界一のドレスを作ってあげるわ。ねぇ貴方」

「え、ああ、うん……。でも何も今からそんなことを考える必要はないんじゃないかな。ルーシーはまだ八歳なんだし、誰かと結婚するかどうかも分からないんだし……」

うつむきがちに口ごもっているアイザックに、セシリアは思わず苦笑した。どうやら彼はこの話題があまり好きではないようだ。

そこでフレッドが、ふと思いついたように問いかけた。

「そういえば、父上と母上の結婚式ってどんな風だったんですか？」

「え、私たちの結婚式……？」

セシリアはアイザックと顔を見合わせた。

自分たちの結婚式。

その言葉に、セシリアの脳裏に十年前のことが蘇《よみがえ》ってきた。

◇　◇　◇

セシリアがアイザックとの結婚式を挙げたのは、一度目の夫、ラルフ・ガーランドとの離婚が成立してから半年後のことである。

アイザックから打診された当初は、少し早すぎるのではないかととまどったものの、合理主義者の父から「お互い気心も知れているわけだし、今さら知り合う期間もいらんだろう。あまりアイザックくんを待たせすぎるのも良くないぞ」と言われ、孫が見たい母からも「子供のこともあるわけだし、そろそろいいんじゃないかしら」と言われ、世話になったギルバートからも「前のご主人のラルフ・ガーランド氏も契約通りアンジェラ嬢と結婚式を挙げたようですし、お二人もそろそろいいんじゃないかと思いますよ」などと言われているうちに、なんとなく流されてしまったのである。

そしてセシリアが承諾したとたん、物事が目まぐるしく動き始めた。

最初に決まったのはセシリアのウェディングドレスである。

ちなみにセシリアとしてはごくシンプルなつつましいものにしたいと考えていた。なんといっても自分は二度目の花嫁なわけだし、あまり華やかなものは恥ずかしいような気がしていたからである。

ところがそれに待ったをかけたのが妹のエミリアだ。

「まあセシリアお姉様ったら何を言っているの？　ウェディングドレスは絶対に前より豪華なものにしなきゃだめよ！　お姉様の新しい門出なのに、あの男のために着たドレスより地味なドレスだなんて、考えただけで腹立たしいじゃないの。厄落としも兼ねて最高のドレスにしなくっちゃ」というのがエミリアの弁である。

さらに母からも「バークリー商会へのお礼にもなるのだから、思い切って最上級のものをドレス工房に注文なさいな」と言われては、セシリアに逆らう術《すべ》はなかった。

そしてあれよあれよという間に最高級のシルクに最高級のレースをふんだんにあしらった、王女殿下の輿《こし》入れもかくやと思われるほどの、華麗なドレスが作られることになってしまったのである。

次に決まったのが結婚式場だ。

花婿が自分の領地を持っている場合は、花婿の領地にある教会で行われるのが一般的だが、アイザックは次男であるため、継ぐべき領地を持っていない。

いずれ王家から爵位と領地を賜《たまわ》るとは言われているものの、少なくとも現在は俸給をもらって生活している身の上だ。

またセシリア自身も継ぐべき領地を持っていない。

新郎新婦ともに自分の領地を持たない場合にどこでやるかは、双方のさまざまな事情を考慮して決めることになるわけだが、そこでセシリアが着目したのは、アイザックの実家のスタンレー家の領地とセシリアの実家のサザーランド家の領地が隣接している点である。

確か双方の領地の境界辺りには、小さな教会があったはず。

ならばそこで挙げてしまうのが一つの手ではなかろうか――セシリアはそう考えた。アイザックもそれに賛同したため、ほとんど決まりかけていたのだが、それに待ったをかけたのが他でもないセシリアの父、王国一のやり手と評されるサザーランド伯爵である。

「何もあんな小さな教会でやることもないんじゃないか？　幸い私はノーウッド大司教と付き合いがあるからね。私からノーウッド大聖堂でやれるように頼んであげよう」

父はそう提案した。

ちなみにノーウッド大聖堂とは王都の中心部にあり、代々の国王もそこで結婚式を挙げるという国内最高峰の教会である。

話を聞いたアイザックの両親も「ノーウッド大聖堂で結婚式を挙げられるなんて最高の栄誉だ！」と感激し、さらにはアイザックの上司である宰相閣下も「ノーウッドか！　仕事場の王宮から近くて素晴らしいじゃないか。いやね？　別にアイザック君の結婚式場に口出しするつもりは毛頭ないよ？　だけど私をはじめ王宮で働く人間が大勢出席することになるわけだし、そこから近いのに越したことはないよねぇ。いやもちろんアイザックくんたちが決めることだけどね？　でもこの年になると馬車での長旅って本当に堪えるんだよねぇ」などと、朝な夕な言い続けたため、結局そこで挙げることになってしまった。

さらに参列者についてアイザックと打ち合わせる段になって、とんでもないことが判明した。

セシリア側の出席者がサザーランド家の親族と貴族女学院時代の友人、それからお世話になったバークリー商会の会長というのは当初の予定通りである。

またアイザック側の出席者がスタンレー家の親族とギルバートをはじめとする大学時代の友人、宰相閣下をはじめとする職場の人間と言うのも当初の予定通りだったわけだが、そこに予想外の大物が出席を打診してきたのである。

「実は王太子ご夫妻が出席したいとおっしゃっているんだ」

アイザックからそう聞いたとき、セシリアは思わず耳を疑った。

なんでもアイザックの方から希望したわけではけしてなく、結婚式のことを聞きつけた王太子自ら宰相室に乗り込んできて、「スタンレー補佐官はいよいよ結婚式を挙げるそうだな！　ぜひ私たちも招待してくれたまえ。私と妻の二人分くらいの席は、今からでも何とかなるだろう？」と要求してきたとのことだった。

アイザックがその有能さゆえに王家の覚えがめでたいことは以前から耳にしていたが、まさかそこまでとは思わなかった。

王太子夫妻が結婚式に出席するということは、将来の国王がアイザックとセシリアの後見役になることを表明するに等しい。

家臣としては大変な名誉であると同時に、アイザックには輝かしい将来が約束されたも同然だ。これは妻となるセシリアとしても、大いに喜ぶべきことなのだろう。

セシリアはかく思考して、「まあ、王太子ご夫妻のご臨席を賜《たまわ》るなんて、とても光栄なことですわね」と微笑んだ。

「我が家の両親もきっと喜びます」

しかし笑顔でそう口にしながらも、セシリアは内心複雑だった。

(本当に凄いことになってしまったわね……)

王国一のドレス工房であつらえた最高級のウェディングドレスに、ノーウッド大聖堂と言う最高峰の結婚式場。そして王太子夫妻の出席。

なにやら自分達の結婚式が、どんどん大ごとになって来ている――そんなセシリアの思いにとどめを刺したのが、兄リチャードから告げられた言葉だった。

「実は新聞社を経営している友人が、お前たちの結婚式を取材したいって言ってるんだけど、別に構わないよな？　っていうか、もうオッケーしちゃったんだけど」

リチャードはけろりとして言った。

「え、ちょっと待ってちょうだい。取材って一体どういうことなの？　私たちの結婚式の、一体なにを取材するのよ」

「そりゃ、お前の近況を知りたいんだろ。再婚に至る心境とか、新しい結婚相手のこととかさ。ほら、お前とラルフ・ガーランドの離婚騒動は、巷でかなり話題になったから」

リチャードが友人から聞いたところによれば、なんでもセシリアは不遇な既婚女性たちにとっての希望の星だと言われているらしい。

一度目の結婚ではさんざん虐げられていたものの、それに甘んじることなく、嫁ぎ先を脱出。そして王立裁判で堂々と夫と戦って、ついには自由の身を勝ち取った不屈の女性、セシリア・サザーランドというわけだ。

そのセシリアが再び結婚するというので、新聞社としてはぜひとも記事にしたいとのことだ。

「要するにさ、色々あったけど、今は良い結婚相手と出会って幸せです！　あのとき離婚して本当に良かったです！　とかいうのを書きたいだけだから、適当に合わせてやればいいんだよ。それじゃセシリア、頼んだぞ！」

「え、ちょっと待ってよ、お兄様！」

言うだけ言ってさっさと逃げ出したリチャードに、セシリアは一人ため息をつくより他になかった。

◇　◇　◇

その晩、セシリアは夢を見た。

夢の中で、セシリアはアイザックと結婚式を挙げていた。

場所はノーウッド大聖堂。参列者の中には厳《いか》めしい顔つきの王太子や新聞記者の姿も見える。

讃美歌と神父による祈祷、そして誓約。全ては手順通りなめらかに行われた。

そしてアイザックの手がセシリアのベールを取り除け、誓いのキスを交わそうとした、ちょうどそのとき、参列者の一角から悲鳴が上がった。

「アンジェラ様、大丈夫ですか、アンジェラ様！」

その声を聞いた途端、アイザックはセシリアを突き飛ばすようにして、純白のドレスをまとったアンジェラのもとに駆け付けた。

（え、なんでアンジェラさんがここに？）

混乱するセシリアの方を見向きもせずに、アイザックはアンジェラを愛おしそうに抱え上げると、そのまま大聖堂の出口に向かって歩き始めた。

「待ってください アイザック様！　私を置いて行かないでください！」

セシリアが必死で呼びかけるも、当のアイザックはまるでなにも聞こえていないかのように、ずんずん出口へと歩いていく。

代わりに抱きかかえられたアンジェラがぐるりと首を回すと、セシリアに向かってにやりと笑いかけて来た。

「セシリアさん、出産は痛くて大変で命懸けだっていうけど、私たちのために頑張って元気な赤ちゃんをたくさん産んでちょうだいね？」

そこでセシリアは目が覚めた。

◇◇◇

そんなことがあった翌日。セシリアは以前からの約束通り、アイザックと共に新居の家具を見に行った。

二人で住むための屋敷はすでに購入済みだし、カーテンや壁紙、絨毯もすでにセシリアが選んであるので、あとは主だった家具を二人で話し合って決めることになっていたのである。

あれがいい、これも素敵だ、などと言ってあれこれ見て回ったあと、二人で帰りの馬車に揺られているとき、アイザックが気遣うように問いかけた。

「セシリア、なんだか元気がないようだけど、心配事でもあるのかい？」

「え？　いいえ、別になにもありませんわよ？」

「そうか、それならいいんだが……」

アイザックはその後少しばかり逡巡したのち、ついに意を決したように問いかけた。

「なあセシリア、もしかして、私との結婚に気が進まないのかい？」

「まあ、とんでもありませんわ。なぜそんなことをおっしゃるの？」

「だってなんだか元気がないし、この前から時々ふっと憂鬱《ゆううつ》そうな顔をしているじゃないか。なにか気にかかることがあるんなら、頼むから私に相談してくれ。私たちは夫婦になるんだろう？」

「本当に何でもないんですの。ただ――」

「ただ？」

「ただ、私たちの結婚式が思っていたよりも大ごとになってしまったので、少し緊張してるんです。それだけです」

「大ごとって、王太子ご夫妻が出席することかい？」

「ええ、それにノーウッド大聖堂とか、最高級のウェディングドレスとか。お兄様のおかげで新聞社の取材まで受けることになってしまいましたし」

セシリアは苦笑して見せた。

「どれも心配するようなことじゃないのは、私自身分かっているんです。新聞社はきっと好意的な記事を書いてくれるでしょうし、王太子ご夫妻がいらしてくださることも、ノーウッド大聖堂も、とても光栄なことだと思っています。ただ前回の失敗がどうしても頭にちらついてしまって、少し緊張してしまっているだけなんです」

そう、こんなにも派手な式を挙げておいて、また裏切られたらどうしよう、泣かされることになったらどうしよう、なんて馬鹿なことを考えてしまうだけ。

結婚式が近づくにつれ、前回の悪夢のような光景が蘇《よみがえ》ってきて、なんとなく憂鬱《ゆううつ》になってしまうだけ。

白いドレス姿のアンジェラ。

誓いのキス直前での放置。

披露宴の最中に消える花婿。

待ちぼうけの夜。

全てはもう終わったことだと、頭では理解しているはずなのに――。

二人の間に沈黙が下りる中、馬車はサザーランド邸に到着した。

「ご心配かけて申し訳ありませんでした。それじゃ、アイザック様――」

セシリアが別れの挨拶《あいさつ》を告げようとしたとき、アイザックが「待ってくれ！」と引き留めた。

「……なあセシリア、結婚式、やめようか」

「はい？」

一瞬、頭が真っ白になった。

アイザックは今なんと言ったのか。

結婚式をやめる？

つまりアイザックはセシリアの態度を不快に思って、全てを白紙に戻そうと――

「あ、いや、違う！　そうじゃないんだ！」

呆然としているセシリアに対し、アイザックが慌てた調子で言葉を続けた。

「結婚自体はもちろんするよ？　絶対にする！　なにがなんでもする！　……だけど大掛かりな結婚式は別にいらないと思うんだ。君が提案した通り、領地の境にある小さな教会で挙げるのでもいいし、なんだったら教会に書類を提出するだけだって構わないわけだし」

「え、でも、そういうわけにはいかないでしょう？　だって王太子ご夫妻がいらっしゃるのに、ちゃんとした式を挙げないわけには」

「王太子夫妻なんてどうでもいいよ」

アイザックはきっぱりと言い切った。

「私たちの式なんだから、別に王太子の顔色をうかがう必要なんてない」

「だけど今からお断りしたら、王太子殿下はご不快に思われるのではありませんか？　アイザック様のお仕事にだって影響が――」

「もともと無理やり押し込んできたのは向こうなんだし、やっぱり困ると伝えたら、ちゃんと分かってくれるはずだよ。万が一不興を買ったとしても、仕事で取り返せばいいだけの話だ。そんなことで切り捨てられるような弱い立場じゃないからね、私は」

アイザックは胸を張って見せた。

「ウェディングドレスはもう注文してしまったから仕方ないけど、ノーウッド大聖堂はキャンセルしよう。叔父上には私から謝罪しておくよ。私が君のウェディングドレス姿を大勢の人に見せたくないからって言えば、仕方ないなって許してくれるよ。それから新聞社の取材なんて断ってしまえばいいんだよ。そもそも君に訊《き》かずに勝手に受けたリチャードが悪いんだから、あいつもたまには反省したらいいのさ。――とにかく、セシリアの気がすすまないことをあえてやる必要はどこにもない。私は別に、どんな形でも良いんだよ……どんな形であれ、君を妻に出来るなら」

「アイザック様……」

気が付けば、セシリアの双眸からほろほろと涙がこぼれ落ちていた。

「セ、セシリア？　どうしたんだセシリア、大丈夫かい？」

おろおろするアイザックに対し、セシリアは泣きながら微笑んで見せた。

アイザックの温かな思いやりに、不安な気持ちが溶けて流れ出していくようだ。

自分は一体なにに怯えていたのだろう。アイザックがラルフのように自分を傷つけるわけがないではないか。

「……アイザック様、王太子ご夫妻をお断りする必要はありませんわ。ノーウッド大聖堂の方もキャンセルしなくて大丈夫です。うんと盛大なお式を挙げましょう」

「え、君はそれでいいのかい？　無理しないでいいんだよ？」

「無理じゃありませんわ。私がそうしたいのです。私はこんなにも幸せだって、王都中の人に見てもらいたいくらいですのよ」

◇　◇　◇

そして迎えた結婚式当日。アイザックとセシリアは、ノーウッド大聖堂で盛大な結婚式を挙げた。

参列者には二人の親族や友人たち、バークリー商会の会長に弁護士のギルバート、アイザックの上司である宰相閣下、そして王太子夫妻の姿も見える。

ちなみに新聞社の取材はお断りした。リチャードがなにやら喚いていたようだが、セシリアの知ったことではない。

荘厳なパイプオルガンの音が響く中、父と共にバージンロードを歩んだセシリアは、祭壇前で花婿のアイザックへと託された。

「新郎アイザック、あなたはセシリアを妻とし、病めるときも健やかなるときも、愛をもって互いに支えあうことを誓いますか？」

「誓います」

「新婦セシリア、あなたはアイザックを夫とし、病めるときも健やかなるときも、愛をもって互いに支えあうことを誓いますか？」

「誓います」

そして花嫁のベールがアイザックの手で優しくとりのけられ、二人は誓いの口づけを交わした。

◇　◇　◇

「――私たちの式はとても素敵だったのよ。お父様の純白のタキシード姿はとても格好良かったたし、みんなが私たちを祝福してくれたの。あのときは人生で一番幸せな日だと思ったものよ」

セシリアは目を細めながら述懐した。

あの日、もちろん式典の最中に失神する者はいなかったし、花婿が花嫁を放り出すようなことも起こらなかった。披露宴では皆と喜びを分かち合い、夜には寝室で花婿を迎えたものだ。

「あのときは？　それじゃ今はそう思っていないんですか？」

フレッドが怪訝《けげん》そうに問いかける。

「ええ、だってそのあと貴方たちが生まれたでしょう？　だから人生で三番目になってしまったのよ」

セシリアは笑いながらそう説明した。

この作品に対する皆様のご意見・ご感想をお待ちしております。
おハガキ・お手紙は以下の宛先にお送りください。

【宛先】
〒150-6008 東京都渋谷区恵比寿4-20-3 恵比寿ｶﾞｰﾃﾞﾝﾌﾟﾚｲｽﾀﾜｰ 8F
（株）アルファポリス　書籍感想係

メールフォームでのご意見・ご感想は右のＱＲコードから、
あるいは以下のワードで検索をかけてください。

アルファポリス　書籍の感想　検索

ご感想はこちらから

本書は、「アルファポリス」（https://www.alphapolis.co.jp/）に掲載されていたものを、
改稿、加筆のうえ、書籍化したものです。

旦那様《だんなさま》は妻《つま》の私《わたし》より幼馴染《おさななじみ》の方《ほう》が大切《たいせつ》なようです

雨野六月（うの むつき）

2023年 2月 5日初版発行

編集－飯野ひなた・星川ちひろ
編集長－倉持真理
発行者－梶本雄介
発行所－株式会社アルファポリス
〒150-6008 東京都渋谷区恵比寿4-20-3 恵比寿ｶﾞｰﾃﾞﾝﾌﾟﾚｲｽﾀﾜｰ8F
TEL 03-6277-1601（営業） 03-6277-1602（編集）
URL https://www.alphapolis.co.jp/
発売元－株式会社星雲社（共同出版社・流通責任出版社）
〒112-0005 東京都文京区水道1-3-30
TEL 03-3868-3275
装丁・本文イラスト－双葉はづき
装丁デザイン－AFTERGLOW
（レーベルフォーマットデザイン—ansyyqdesign）
印刷－中央精版印刷株式会社

価格はカバーに表示されてあります。
落丁乱丁の場合はアルファポリスまでご連絡ください。
送料は小社負担でお取り替えします。

ISBN978-4-434-31521-3 C0093